光文社文庫

文庫書下ろし／長編時代小説

陽はまた昇る

夢屋台なみだ通り(三)

倉阪鬼一郎

光　文　社

この作品は光文社文庫のために書下ろされました。

目次

第一章　焼き握り茶漬け

一

江戸に夏の訪れを告げる両国《りょうごく》の川開きが近づいた。

文政《ぶんせい》八年（一八二五年）の五月だ。

「晴れるといいな」

天麩羅《てんぷら》の屋台のあるじの甲次郎《こうじろう》が言った。

「両国の花火の晩は、なみだ通りも書き入れ時だからな」

長屋の人情家主で、屋台の元締めでもある善太郎《ぜんたろう》が答えた。

善太郎と甲次郎は幼なじみで、わらべのころからこの界隈《かいわい》でずっと暮らしてきた。どこにだれが住んでどういう暮らしをしているか、隅々まで手に取るように分かる。

「川開きの晩は酔っぱらいも多いけれど」

甲次郎が苦笑いを浮かべた。

「はは、そりゃしょうがないさ」

善太郎はそう言って、海老《えび》の串を口中に投じた。

甘藷《かんしょ》や海老の天麩羅をたっぷりの大根おろしとともに食す。甲次郎の天麩羅の屋台には常連客も多い。

なみだ通りには、とりどりの屋台が出る。

本所回向院《ほんじょえこういん》の裏手、松坂町《まつざかちょう》一丁目から竪川《たてかわ》のほうへ南に進むと、本所相生町《あいおいちょう》だ。河岸《かし》に沿った通りは日中はにぎやかだが、夜はひっそりと静まる。

そこから一つ陸《おか》へ入ったところがなみだ通りだ。

名付け親は分からない。いつごろからそう呼ばれだしたのかも不明だ。

通りの名の由来には諸説がある。

しばしば涙雨が降るからだ。

あるいは、あるじにみな情のあるこの通りの屋台へ足を運んで、そっと涙を流すためだ。

さまざまな説があって定めがたい。

いずれにせよ、日が沈んで江戸の家並みが切り絵のように暗くなり、夜空でいくらかうるんだ星が瞬《またた》きはじめると、なみだ通りにとりどりの屋台が出る。

赤い提灯《ちようちん》の灯りをともして通りへ出ていく屋台は、まるで湊《みなと》から出る船のようだ。一隻ずつ、元締め役の善太郎とその女房のおそめが見送り、あきないを終えて湊へ戻るのを待つ。

屋台の並びはおおむね決まっている。

いちばん湊に近いところには、最も新参の幸福団子《こうふくだんご》の屋台が出る。もと相撲取りの幸吉《こうきち》と、縁あって結ばれたおさちの若夫婦が切り盛りする屋台からは焼き団子のいい香りが漂ってくる。団子はわらべも買いに来るので、ほかの屋台より早くから出して早めにしまう。

場所が定まっていないのは庄兵衛《しようべえ》の屋台だ。

ほかの屋台が船だとすれば、庄兵衛のはいくらか小ぶりの艀《はしけ》のような構えだ。夏場は鰻《うなぎ》の蒲焼《かばや》き、冬場はおでん。季《とき》によってあきなうものが変わる。

当時のおでんの鍋はさほど大きくなかったから、小回りが利く。その利を活かして、振り売りよろしく両国のほうへ出張《でば》っていくこともあった。

甲次郎の天麩羅の屋台と、その先にある卯之吉《うのきち》の風鈴蕎麦《ふうりんそば》は同じところに出る。それぞれに常連がついているし、火を熾《おこ》すのに風の通りの勝手もいい。

「甘藷の串ももらうかね」

善太郎が言った。

「はいよ」

打てば響くように、甲次郎は答えた。

せがれの乙三郎《おとさぶろう》に続いて、女房のおとしも病《やまい》で亡くしてしまい、ひと頃は気落ちしていたのだが、だいぶ表情が旧に復した。

「川開きはめでたいけれど、うちのおとしは去年の川開きの翌日が命日なんで」

天麩羅の屋台のあるじが言った。

「ああ、もう一年になるんだね」

しみじみと言うと、善太郎は甘藷の串を口に運んだ。

「早いもんで」

甲次郎が答えたとき、通りの向こうから提灯が二つ、ゆるやかに揺れながら近づいてきた。

ややあって、闇の中から人影が現れた。

「おや、道庵《どうあん》先生」

人情家主が言った。

天麩羅の屋台に近づいてきたのは、近くに診療所がある本道(内科)の医者、淵上《ふちがみ》道庵と跡取り息子だった。

二

「ああ、そうですね。もう一年か」

道庵が感慨深げに言った。

「その節は、こいつがお世話になりまして」

甲次郎が屋台にくくりつけてあるものを指さした。

亡き女房の形見の帯締めだ。客が来ないときは、いまも折にふれて話しかけたりしている。病に罹《かか》るまでは、夫婦で天麩羅の名物屋台を切り盛りしていたものだ。

「いやいや、助けられなかったので」

医者はあいまいな表情で答えた。

「道庵先生にはできるかぎりの手を尽くしていただきましたから、あいつも浮かばれますよ」

甲次郎は寂しげな笑みを浮かべた。

「治せる病人ばかりじゃないですからね」

善太郎が医者を見て言った。

その隣では、父のもとで修業を始めた跡取り息子が神妙な面持ちで聞いている。名は照道《てるみち》。父から「道」の一字を襲った。助手をつとめている母の晴乃《はるの》も医者の娘で、助手として夫を支え、一家で医術の道に邁進《まいしん》している。歳《とし》は十三で、まだ総髪《そうはつ》が板についていないが、すべてはこれからだ。いずれは名のある医者のもとで本格的に修業することになるようだが、ひとまずは父の往診に従うなどして研鑽《けんさん》を積みはじめたところだった。

「患者さんが治ったら喜び、治せなかったら悲しむ。その繰り返しだ。そうやって医者の仕事は一生続いていく」

道庵が息子に言った。

「はい。まだ修業は始まったばかりで」

照道が殊勝な面持ちで答える。

「長い道だね」

善太郎が笑みを浮かべた。

「一本どうですかい？」

天麩羅の屋台のあるじが水を向けた。

「おまえの好きなものを何か」

父が跡取り息子に言った。

「では、海老を」

照道はすかさず言った。

「いちばん値が張ってうまいからね」

善太郎が笑みを浮かべた。

「わたしは甘藷をいただきましょう」

道庵が続いた。

「承知しました」

甲次郎が答えた。

天麩羅の串を味わいながら、なおも話が続いた。

道庵はさきほど、往診のついでに寿助《じゅすけ》の女房のおちかの具合も診《み》てきたらしい。

「産婆のおすまさんから知らせは受けていましたが、いまのところいたって順調です」

道庵はそう言って、甘藷を胃の腑に落とした。

「それは何よりで」

人情家主はほっとしたように言った。

なみだ通りで寿司の屋台を出していた寿一《じゅいち》は足が悪くて大儀なため、屋台はやめていまは泪寿司《なみだずし》の職人をつとめている。

あるじは善太郎のせがれの小太郎《こたろう》だ。一時は悪い仲間に誘われて身を持ち崩しかけた小太郎だが、首尾よく立ち直っていまは寿司屋のあるじだ。寿一から手ほどきを受けた小太郎はずいぶんと腕を上げている。

寿一のせがれの寿助は腕のいい大工で、ひと頃はつとめを終えてから父の屋台を手伝っていた。湯屋にも一緒に通う親思いの孝行息子だ。

寿助は上州屋《じょうしゅうや》という提灯屋の末娘のおちかと縁あって結ばれ、この秋には初めての子が生まれる。おちかが寿助の子を身ごもったことを知って、なみだ通りの人々はこぞって笑顔になったものだ。

「わたしは産科医ではありませんが、産婆さんとうまくつなぎながらやっていければと」

道庵が言った。

「命を助ける大事なつとめですからね」

半ばは跡取り息子に向かって、善太郎は言った。

当時はいまと比べものにならないほどお産は大変だった。母子ともに達者で過ごせれば重畳《ちょうじょう》だが、死産も多く、産後も含めてお産であたら命を落としてしまう女も多数いた。

「あとで感謝されたら、疲れも吹き飛びますよ」

道庵が笑みを浮かべた。

「気張ってくださいまし」

なみだ通りの屋台の元締めが笑みを返した。

三

川開きの前々日は、午後から本降りになった。

雨は屋台には鬼門だ。駄目そうだと思ったら仕込みをやめて休みにする。

休みになっても、足元が悪いと出かけるのも億劫《おっくう》だ。両国橋を渡って西詰へ行けば、芝居小屋などもとりどりに立ち並んでいるのだが、雨や風が強いとそんな気にもなれない。

そこで、なみだ通りの屋台衆は相模屋《さがみや》という見世で呑み食いをすることがもっぱらだった。煮売り屋だが、茶漬けや焼き握りや刺身など、とりどりの料理を出す。酒の筋もいい。

小太郎があるじをつとめる泪寿司は、見世でも食すことができるが、寿司や惣菜の持ち帰りのほうが多い。長屋に持ち帰って食す客のほうが多いくらいだ。

もう一軒、なみだ通りを本所元町《もとまち》のほうへ進んだところにやぶ重《しげ》という蕎麦屋がある。座敷があるから、祝いごとなどには重宝だ。角《かど》の立ったうまい蕎麦で、中食《ちゅうじき》の膳も出す。

なみだ通りの三軒の見世は、客の求めによってうまい具合に使い分けることができた。

「よく降りやがるな」

庄兵衛がそう言って、味のしみた厚揚げを口に運んだ。

おでんと蒲焼き、季節によって売り物を変える屋台のあるじは、東西《とうざい》という俳号を持つ俳諧師でもある。もっとも、当人の言《げん》によれば「なみだ通りと同じくらい無名」で、さしたる代表句もないらしい。

「いま降ってくれたほうがいいよ」

屋台の元締めの善太郎が言った。

さきほどまでおそめとともにせがれの小太郎の泪寿司に顔を出していた。泪寿司の惣菜づくりはおそめがおもに手がけているから、見世が休みの日のほかは顔を出している。

「ちょうど川開きにゃ上がるでしょうよ」

卯之吉がそう言って、焼き握りを胃の腑に落とした。

なみだ通りのいちばん奥に出る風鈴蕎麦の屋台のあるじだ。いくらか歩いたところにやぶ重もあるが、そこはそれ、屋台の蕎麦には屋台ならではの味わいがある。それに、蕎麦はやぶ重に太刀打ちできないが、だしの利いたつゆはなかなかのものだ。おかげで常連客がついて売れ残ることはめったになかった。

「毎年、みなで気をもんで、結局は晴れたりしますからね」

相模屋のあるじの大吉《だいきち》が笑みを浮かべた。

もとはなみだ通りに煮売りの屋台を出していた。縁あって結ばれた女房のおせいとともに屋根付きの見世を出し、この界隈では知らぬ者がないほど繁盛している。

「花火は行かないの？」

相模屋の娘のおこまが父にたずねた。

まだ八つだから看板娘として見世を手伝っているわけではないが、物おじをしないたちなので客のみなにかわいがられている。

「見世の書き入れ時だからな」

大吉は答えた。

紺色の作務衣《さむえ》がよく似合う料理人だ。

「書き入れ時って？」

おこまがたずねた。

相模屋は煮売り屋らしい簡明な造りで、手前が茣蓙《ござ》を敷いた土間、奥が小上がりの座敷になっている。座敷は存外に奥行きがあるから、客が入りきれないことはめったにない。

その座敷の隅に、猫のつくばとともに娘のおこまがちょこんと座っていた。額《ひたい》の模様が筑波山《つくばさん》に似ていることから名づけられた猫だ。

「見世の稼ぎ時ってことよ」

母のおせいが教えた。

「相模屋が稼がなきゃ、おこまちゃんはおまんまを食えないからね」

卯之吉が言った。

「だれかにつれてってもらいなよ」

庄兵衛が水を向けた。

「おじさんは？」

おこまは庄兵衛を指さした。

「おれかい？　なみだ通りの屋台も書き入れ時だし、蒲焼きは両国橋の東詰まで出張っていったら飛ぶように売れるから」

庄兵衛は笑みを浮かべた。

「だったら、おいちゃんと行くかい？」

善太郎が言った。

「えっ、いいんですかい？」

大吉が驚いたように問うた。

「わたしはただの元締めで、屋台であきないをするわけじゃないからね。花火も見物したいし」

善太郎は乗り気で言った。

「うん、行く」

八つの娘の顔がぱっと輝いた。

四

それからほどなくして、次の客が入ってきた。

大きな風呂敷包みを提げてのれんをくぐってきたのは、学者で寺子屋も営む中園風斎《なかぞのふうさい》だった。雨の日に書物を濡らさないように歩き、おのれは濡れてしまうのはいつものことだ。

「道庵先生から頼まれた書物が見つかったので」

風斎はそう言って髪を手で拭《ぬぐ》った。

「それはそれは、ようございました」

おかみのおせいが笑みを浮かべた。

「冷えたので握り茶漬けを」

学者はそう所望した。

「承知で」

打てば響くように大吉が答える。

「おこまちゃんは来年から、風斎先生の寺子屋の一つ上の組だってね」

庄兵衛が言った。

「うん」

おこまがうなずく。

「早いもんだねえ、もう一つ上の組か」

卯之吉が感慨深げに言った。

「よろしゅうにね」

風斎が温顔《おんがん》で言った。

「うん」

おこまが同じ答えをした。

「『よろしくお願いします』でしょう？　先生なんだから」

おせいがたしなめた。

「よろしくお願いします」

猫を抱いたまま、おこまは大人びた口調で言った。

つくばはきょとんとしている。

「よく言えたね」

風斎は顔をほころばせた。

「はい、お待ちで」

ほどなく、大吉が焼き握りの茶漬けを出した。

「ああ、来た来た」

風斎は碗を受け取ると、さっそく箸を動かしだした。

「人が食ってるのを見ると、おのれも食いたくなるな」

庄兵衛が言った。

「先に言われちまった」

卯之吉が笑みを浮かべた。

「なら、わたしももらおうか」

善太郎も手を挙げた。

結局、みなが相模屋名物の焼き握り茶漬けを頼んだ。

醤油を刷毛《はけ》で塗り、こんがりと焼きあげた焼き握りはそれだけでも美味だが、茶漬けに入れておろし山葵《わさび》などの薬味を添えると、また違った味わいがあってうまい。一つの碗で、二度三度と味を楽しめる逸品だ。

「道庵先生の書物は今日渡しに行くんで？」

庄兵衛が風斎にたずねた。

「いや、この雨だと難儀なので、また日を改めて」

風斎は答えた。

「わたしらが読んでもさっぱり分からないような書物なんだろうね」

と、善太郎。

「できることなら、どんなはやり病も治せるようになりたいと日頃から言ってますからね、道庵先生は」

風斎はそう言って、残りの茶漬けを胃の腑に落とした。

「そういう世の中になればいいですね」

善太郎がしみじみと言った。

「はやり風邪だけでも、ずいぶんここいらでも人死にが出ちまったから」

卯之吉の顔色が曇る。

「はやり病はほかにもいろいろあるので」

庄兵衛が言う。

疱瘡《ほうそう》やコロリなど、恐ろしいはやり病は尽きない。おかげで、病封じのまじないのたぐいもほうぼうで行われていた。

「はい、お待ちで」

ここで相模屋のあるじが茶漬けを出した。

「こちらにも」

おかみも碗を差し出す。

「ここの焼き握り茶漬けを食っていたら、はやり病には罹らないよ」

善太郎が笑みを浮かべて受け取った。

「なら、これからはそういうふれこみで」

大吉が笑顔で言った。

五

みなが相模屋名物の焼き握り茶漬けを食していると、客がまたいくたりも続けざまに入ってきた。

「おう、ひと仕事終えてきたぜ」

そう告げたのは、土地《ところ》の十手持ち、額扇子《ひたいせんす》の松蔵《まつぞう》親分だった。面妖な名だが、額に扇子を載せて調子よく歩く芸にちなんでいる。この芸を披露するために宴《うたげ》に呼ばれることもある名物男だ。

「ひと仕事と言いますと？」

人情家主が問う。

「空き巣を捕まえたんで」

十手持ちの子分が答えた。

線香《せんこう》の千次《せんじ》だ。線香みたいにひょろっとしているところからその名がついた。親分も子分も頼りなさそうな名だが、悪事を見抜いて捕縛に導く腕はなかなかのものだった。

「旦那方から知らせを受けて網を張ってたら、うまい具合にかかりやがった」

松蔵親分は一緒に入ってきた二人の武家を手で示すと、おこまとつくばがいた座敷に上がってあぐらをかいた。千次も続く。

「雨の日ばかりを狙う空き巣がいたのでね」

そう言って座敷に陣取ったのは、本所方与力の魚住《うおずみ》剛太郎《ごうたろう》だった。

「雨が降っていると物音が響かないので」

同心の安永新之丞《やすながしんのじょう》も続く。

「ああ、なるほど。悪知恵が働きますね」

風斎があいまいな表情で言った。

「では、空き巣はもうお縄に？」

善太郎がたずねた。

「町方に引き渡してきた」

魚住与力が答えた。

名は与力と同心だが、本所方は町方のように捕り物をするわけではない。平生は橋や普請場《ふしんば》などの見廻《みまわ》りを行っている。当人たちもつねづね口にするように、「存外に地味なつとめ」だ。

「そりゃあ安心で」

おかみのおせいが笑みを浮かべた。

「なら、祝い酒で」

あるじの大吉が言う。

「おう、干物をあぶってくんな」

額扇子の松蔵親分が言った。

「おいらは煮蛸《にだこ》でいいや」

子分の千次が続く。

「旦那方は？」

おせいがたずねた。

「では、煮魚で」

「わたしは干物を」

本所方の与力と同心が答えた。

「空き巣が捕まったら、わたしらも枕を高くして寝られますね」

なみだ通りの屋台の元締めが笑みを浮かべた。

「枕が高いと寝にくいよ」

おこまがすかさず言ったから、相模屋に笑いがわいた。

「安心して寝られることをそう言うんだよ、おこまちゃん」

魚住与力が言った。

剣術の達人で、道場で指南もしている。言わば、本所の用心棒のごとき男だ。捕り物をしない本所方とはいえ、このたびの空き巣などを見つけたら、町方や十手持ちにうまくつないで捕縛に導いてくれる。

「ふうん」

おこまが首をひねった。

「そういう言葉も寺子屋で教えるからね」

風斎が言った。

「来年から、一つ上の組に通うんで」

おせいが言う。

「そりゃ楽しみだね」

安永同心が白い歯を見せた。

役者にしたいような男前だから、本所界隈の娘たちからはひそかに「新さま」と呼ばれていたりする。

「気張って学びな。おれらはもう遅いからよ」

松蔵親分がそう言って、銚釐《ちろり》の酒を与力についだ。

「うん」

猫を抱いた娘がうなずいた。

六

「ちょっと小降りになってきたな」

善太郎が天井を見上げた。

「こりゃ止《や》みそうですな」

庄兵衛が言う。

「あと二日あるんで止むでしょうよ」

相模屋のあるじが言った。

「川開きの晩がいちばんの働き場だから」

松蔵親分が言った。

「何か売るの？」

おこまが無邪気に問う。

「おれは十手持ちだからよ。悪いやつをひっ捕まえるのがつとめだ。川開きの晩に物を売ったりはしねえや」

松蔵親分は笑って答えた。

「川開きには人がたくさん出るから、巾着切りが出たりするんだ」

千次が指を妙な具合に曲げてみせた。

「喧嘩に迷子に急な病。そりゃもう、いろんなことがあるぜ」

松蔵親分が言う。

「あんたも気をつけてね、おこま」

おせいが座敷の娘に言った。

「うん」

娘がうなずく。

「おこまちゃんも行くのかい」

松蔵親分が訊《き》いた。

「わたしがお守《も》り役で」

善太郎が右手を挙げた。

「そうかい、なら安心だ」

十手持ちが笑みを浮かべた。

「勝手にどこかへ行ったりしちゃ駄目だぞ」

大吉がクギを刺した。

「うん、分かってる」

おこまは殊勝に答えた。

「うちのほうは地味に本所の見廻りで」

魚住与力が言った。

「また空き巣が出るかもしれませんからね」

庄兵衛が言う。

「本所から花火見物へ行く人も多いから」

安永同心が答えた。

「あとは喧嘩だな。北組十一組の火消し衆にも声をかけてあるんだが」

松蔵親分がそう言って、猪口《ちょこ》の酒を呑み干した。

北組十一組はこの界隈を縄張りとする火消しだ。火を消すばかりでなく、日頃からさまざまなつとめに精を出している。

「ときどき火消し同士の喧嘩があったりしますからね」

善太郎が言った。

「そりゃ元も子もねえから、あんまり呑みすぎねえように、喧嘩の止め役に徹してくれとかしらに言っといた」

松蔵親分が答えた。

「何事もなく、楽しく終わればいいですね」

相模屋のおかみが笑みを浮かべた。

「打ち上げはまたこちらに」

あるじが如才《じょさい》なく言う。

「おや、止んだかもしれませんね」

風斎が天井を見上げた。

「ああ、雨音がしなくなりましたよ」

善太郎も同じところを見て言った。

あれだけ降っていた雨は、いつのまにか止んでいた。

第二章　川開きの晩

一

川開きの当日——。

二日前の雨が嘘のように、いい天気になった。

なみだ通りに、初めの屋台が出た。

幸福団子だ。

「はい、お団子始めました。みたらし団子と焼き団子、どちらも一本四文《もん》です」

若おかみのおさちがいい声を響かせた。

「おいしいよ」

団扇《うちわ》であおぎながら、あるじの幸吉が団子を焼く。

もとは幸ノ花《さちはな》という四股名《しこな》の相撲取りで、近くの浦風《うらかぜ》部屋に住んでいたが、いまは縁あって結ばれたおさちと善太郎の長屋で暮らしている。おさちは薬種《やくしゅ》問屋の末娘だから、みたらしに使う砂糖をわりかた安く仕入れることができる。貴重品の砂糖は薬種問屋が扱うのが習いだった。

醤油も野田《のだ》のいいものを使っている。もと相撲取りで団子をこねる力には申し分がないし、橋向こうの名店で修業もした。幸福団子は評判になり、遠くから買いに来る客も目立つようになった。

幸・福・団・子

四つの団子を刺した串をかたどったほっこりする提灯に、まだ灯は入っていない。お楽しみの花火はいま少し先だ。

屋台からいい香りが漂いだすと、さっそく近くのわらべたちがわらわらと集まってきた。

「みたらし三つ」

「おいらは焼きとみたらし一本ずつ」

「持ち帰りで三本ずつ」

我先にと注文を告げる。

「はいはい、いま焼きますからね」

おさちが笑顔で答えた。

銭勘定が苦手で困っていた幸吉の手助けをおさちがしたところから縁が深まり、いまはこうして若夫婦から幸福のおすそ分けをもらうような屋台になっている。経木《きょうぎ》に包んで持ち帰ることもできるし、たくさん入れられる箱もある。なかにはお使いに来ているわらべもいた。

「精が出るね」

姿を現した善太郎が笑みを浮かべて言った。

「はい、気張ってやってます」

おさちが笑顔で答えた。

「おこまちゃんは一緒に花火かい?」

幸吉が問うた。

「うん。その前に西詰の見物を」

おこまが答えた。

「それで、早めに出てきたんだ」

と、善太郎。

「なら、うちの団子はいいかい？」

幸吉が問うた。

「うう、食べたいけど……」

おこまは困った顔つきになった。

「向こうにもいろいろ屋台は出てるし、花火が始まるまで間をもてあますよ」

親の代わりにつれていく善太郎が言った。

「なら、向こうで食べる」

八つの娘が言った。

「うちのお団子はいつでも食べられるから」

持ち帰りの団子を包みながら、おさちが言った。

「うんっ」

おこまは元気よくうなずいた。

二

両国橋の東詰には、花火見物の客を当てこんだとりどりの屋台や小屋が出ていた。

三色団子が売られていたから、善太郎はおこまに買ってやった。

しかし、味は幸福団子のほうがよほど上だったらしい。娘は食すなりあいまいな顔つきになった。

「これなら向こうで食べてくればよかったかな」

売り手に聞こえないような声で、善太郎は言った。

「うん」

おこまはこくりとうなずいた。

そこへ、見知った顔が現れた。

えー、蒲焼き……

こんがり焼けた、うまいたれの蒲焼き……

売り声の主は庄兵衛だった。

「おう、ご苦労さん」

善太郎が声をかけた。

「あっ、早いですね」

庄兵衛が気づいて答えた。

「蒲焼き、おいしそう」

おこまが乗り気で言った。

「食べるかい、おこまちゃん」

庄兵衛が問うた。

「うんっ」

おこまは元気よくうなずいた。

「なら、買ってあげよう」

善太郎は巾着を取り出した。

「はいよ」

庄兵衛が蒲焼きの串を渡した。

さっそくおこまが食べはじめる。

「おいしいかい？」

善太郎が問うた。

相模屋の娘が口を動かしながらうなずく。

そこへ、そろいの半纏《はんてん》をまとったなじみの大工衆が通りかかった。

万組《よろずぐみ》だ。

棟梁《とうりよう》の万作《まんさく》の名から採った組で、「万」は大工が木材を背負う洒落《しやれ》た図柄になっている。

ここいらでは知らぬ者のない大工衆で、腕にも定評がある。

「これから花火見物かい、おこまちゃん」

寿助が声をかけた。

寿司職人の寿一のせがれも万組の大工だ。

「うん」

おこまは短く答えると、残りの蒲焼きを胃の腑《ふ》に落とした。

「まだ早いから、見世物小屋にでも行こうかね」

善太郎が言った。

「それがいいよ」

と、寿助。

「おれらは交替で場所取りだがよ」

ずいぶんと太った大工が言った。

「お相撲さん？」

おこまが物おじせずに問うた。

「はは、間違われてるぜ、梅蔵《うめぞう》」

「こいつは相撲取りみてえにでけえが、ただの大工だ」

「太ってるから、足場には登れねえんだがよ」

万組の大工衆が言った。

「なんだ、お相撲さんかと思った」

おこまが言った。

「ちっとは痩せなきゃ駄目だぜ」

棟梁の万作が言った。

「へえ、すまんこって」

梅蔵は頭を下げた。

「そんなわけで、場所取りをしてから橋のいいところで見物してまさ」

万組の棟梁が右手を挙げた。

「ああ、こっちはあとで行くんで」

善太郎は笑顔で答えた。

「守り役、ご苦労さまです」

寿助が軽く頭を下げた。

「おちかちゃんの分まで見物してやってくれ」

なみだ通りの元締めが言った。

寿助の女房のおちかは身重だから、人に押されてこけたりしないように泪寿司の手伝いをしてから長屋で帰りを待っている。

「へい。早めに帰りますんで」

若い大工が白い歯を見せた。

三

「ほとんど見ていなかったね、おこまちゃん」

見世物小屋を出たところで、善太郎が笑って言った。

「だって、こわかったんだもん」

八つの娘が答えた。

見世物は刃物投げだった。

初めのうちは喜んで見ていたおこまだが、娘が登場してその髷《まげ》すれすれに刃物を投げはじめたところで急にあいまいな顔つきになった。さらに、男が目隠しをして板に向かったから、とうとう両手で目を覆ってしまった。

「投げ手は稽古をしているから大丈夫だよ」

善太郎が言った。

「当たるかと思った」

おこまは胸に手をやった。

「花火は怖くないから」

善太郎がなだめるように言うと、八つの娘の表情がやっとやわらいだ。

空はだいぶ暗くなってきた。まもなく花火が始まる。

橋のほうへ向かおうとしたとき、見知った顔に出会った。

堂前《どうまえ》の師匠こと、三遊亭圓生《さんゆうていえんしょう》とその弟子の三升亭小勝《みますていこかつ》だ。

「冥途《めいど》の土産に見物をと思いましてな」

圓生が言った。

立川焉笑《たてかわえんしょう》という名だったのだが、昨年の十一月に公演を行い、初代「三遊亭圓生」になった。その名もだいぶ通りが良くなってきた。浅草の堂前に住まいがあるから、堂前の師匠と呼ばれて親しまれている。

「冥途の土産に見物と言いながらはや六十年」

弟子がおどけて言う。

「そりゃ歳が合わないよ」

すかさず圓生が言った。

五十八だからもうかなりの歳だが、声には張りがあり、腰も曲がってはいない。

「まあ、十年くらいは言ってるような気がしますな」

小勝が言った。

「この先の十年も大丈夫でしょう」

善太郎が笑みを浮かべた。

「ならいいんですがね。今日は高座を一つこなしただけで疲れちまって」

圓生がいくらかあいまいな顔つきで言った。

「だったら、無理しないで帰って休みましょうや、師匠」

弟子が言った。

「そりゃ殺生《せっしょう》な」

噺家《はなしか》が調子よく掛け合ったから、おこまも笑顔になった。

「おっ、圓生師匠」

「これから花火見物ですかい」

道行く者から声がかかった。

「いっちょまえに行かせてもらいます」

圓生が腰を低くして答えた。

「なら、花火とかけて何と解く？」

すでに酒が入っているとおぼしい男がいきなり問うた。

「謎かけは弟子の修業で」

圓生は小勝を手で示した。

「えー……なら、しょうがないんで」

小勝はしばし思案してから答えた。

「川開きの花火とかけて、寄席の手間賃と解きます」

「そのココロは？」

と、圓生。

「あがればあがるほど嬉しいでしょう」

おどけたしぐさをまじえて小勝は謎かけを披露した。

「はは、そりゃいいや」

「あがるといいな」

通りかかった者たちは上機嫌で言った。

四

そんな按配《あんばい》で花火が始まるのを待っているうち、思わぬことが起きた。

交替で場所取りをしていた万組の大工衆から声があがったのだ。

「おい、しっかりしな」

「大変だ。梅蔵が倒れた」

切迫した声だ。

その声は、善太郎の耳にも届いた。

「倒れたって？」

人情家主はおこまの手を引いて、大工衆のもとへ急いだ。

見ると、相撲取りのような大きな体の大工が胸を押さえてうずくまっていた。額には脂汗が浮かんでいる。

「心の臓の差し込みだ」

棟梁の万作が言った。

「医者に見せなきゃ」

善太郎が声をかけた。

「あっ、元締めさん」

寿助が気づいた。

「大丈夫か、梅」

「しっかりしろ」

万組の仲間が叫ぶ。

「どうしました?」

通りかかった男がたずねた。

「いきなり胸を押さえてうずくまったんでさ」

「心の臓の差し込みみてえで」

大工衆が答えた。

「わたしは医者ですが、今日は花火見物で診療所は遠い。近くに心当たりはありますか」

総髪の男が口早に訊いた。

「淵上道庵先生の診療所なら、わりかた近くにあります」

善太郎がすかさず答えた。

「ああ、道庵先生なら存じあげています。まずはこうして帯をゆるめて……」

医者は梅蔵の帯をゆるめ、胸を手で押しはじめた。

「駕籠《かご》を探してきますか」

寿助が問うた。

「道庵先生のところへ運ばねえと」

棟梁の万作も言う。

「では、ゆったりした駕籠を」

梅蔵の体を見て、医者が言った。

「あるかどうか分かりませんが」

寿助が首をひねった。

「とにかく急げ」

棟梁が言った。

「へい」

寿助はひと言答えると、駕籠屋に向かって走りだした。

五

案じられたが、駕籠は首尾よく見つかった。

両国だから力士も乗せる大きな駕籠だ。

「もう大丈夫だ」

「しっかりしな」

大工衆が力を合わせて梅蔵を駕籠に乗せた。

相変わらず脂汗を流して胸を押さえているが、人の言うことは聞こえているらしく、ときおり小さくうなずく。

「よし、道庵先生の診療所へやってくんな」

万組の棟梁が言った。

「へい」

「合点で」

駕籠屋が緊張の面持ちで答える。

「おいら、ついていきますんで」

寿助が言った。

「おう、頼む」

万作が右手を挙げた。

「あとで顔を出すから」

善太郎が声をかけた。

「承知で」

寿助は小気味よく答えると、駕籠について走りだした。

「お相撲さん、大丈夫かなあ」

駕籠が去ったあとも、おこまは案じ顔だった。

お相撲さんみたいな大工が正しいが、八つのわらべの言うことだ。

それでも、いざ花火が始まると、手を打って大喜びだった。万組の大工衆が代わる代わるに抱っこしてよく見えるようにしてくれたから、お守り役の善太郎としては大助かりだった。

「さあ、帰ろうか。楽しかったね」

花火を終わりまで見届けてから、善太郎が言った。

「うん、来年も来る」

すっかり味を占めた様子で、おこまは答えた。

「おれは道庵先生のところへ行ってくる。おめえらは好きに呑んでろ」

万組のかしらが言った。

「でも、梅のやつが気になって」

「無事だといいんだが」

大工衆は案じ顔だ。

「かと言って、みなで押しかけたって道庵先生も迷惑だ」

万作が言う。

「なら、おこまちゃんを帰しに相模屋へ行くから、そこで呑んでればどうだい」

善太郎が水を向けた。

「ああ、そりゃいいや」

「寿助につないでもらおう」

大工衆が乗り気で答えた。

かくして、話がまとまった。

花火見物を終えた一行はまず相模屋へ向かった。

六

おこまを親のもとへ帰した善太郎は、万組の棟梁とともに道庵の診療所へ急いだ。

「梅蔵は独り者で？」

善太郎は万作にたずねた。

「ああ、大飯食らいだからな」

万組のかしらが答えた。

「ちっとは控えて痩せるようにしないと」

と、善太郎。

「さすがに懲《こ》りただろう。これからはうるさく言わねえと」

万作はそう言って足を速めた。

幸福団子は見世じまい、蒲焼きの庄兵衛の姿もなかったが、甲次郎の天麩羅の屋台はやっていた。向こうに卯之吉の風鈴蕎麦の提灯も小さく見える。どちらにも花火帰りの客の姿があった。

道庵の診療所はなみだ通りを突っ切った先で、やぶ重に近いところにある。甲次郎と卯之吉に声をかけてから足を速めていると、向こうから提灯が一つ揺れながら近づいてきた。

「あっ、かしらと元締めさん」

そう声を発したのは寿助だった。

「どうでえ、梅は」

「幸い、命は無事で」

万作は勢いこんでたずねた。

寿助は答えた。

「そりゃあ良かった」

善太郎は胸をなでおろした。

「いまは煎じ薬をのんで寝てます。ひと晩泊まって養生させてから帰すそうで」

若い大工は伝えた。

「ありがてえこった」

万組の棟梁は両手を合わせた。

「ただ、この先もまた差し込みを起こすかもしれないから、節制させないと命の証はできないと」

寿助が言った。

「そりゃそうだな。相撲取りじゃねえんだから」

万作は苦笑いを浮かべた。

「まあ、とにかく行ってみましょう」

善太郎が身ぶりをまじえた。

「承知で」

万組のかしらは短く答えてから寿助の顔を見た。

「みな相模屋にいる。梅は助かったって伝えてやってくれ。花火見物どころじゃなかったからな」

「分かりました。急いで伝えてきますんで」

若い大工が勇んで言った。

七

「危ないところでしたね」

診療所で道庵が言った。

妻の晴乃と息子の照道の姿もある。きちんと整頓された診療所には薬草の匂いが漂っていた。

「助けてくだすって、ほんとにありがてえこって」

万作は深々と頭を下げた。

「ちょうど医者がいて、適切な指示をしてくださったおかげです。しかし……」

道庵はひと呼吸置いてから続けた。

「心の臓は身に血を送る役目をしていますが、梅蔵さんは太りすぎでその働きが弱まってしまっています。この先、気を入れて節制してくださらないと、また差し込みが起きてしまうでしょう」

「痩せさせますさ。あいつも懲りたでしょう」

棟梁の声に力がこもった。

「煙草はのみますか。酒はどうです？」

医者はなおもたずねた。

「仕事の合間に煙管《キセル》をよく吹かしてまさ。酒も好きで、食うほうも底無しで」

万作はややあいまいな顔つきで答えた。

「それは控えていただかないと」

薬を煎じる手を止めて、晴乃が言った。

「煙管は明日から取り上げてください」

道庵は厳しい口調で言った。

「やめさせまさ」

棟梁はすぐさま請け合った。

「本腰を入れて節制しないとね」

善太郎がうなずく。

「そうです。節制をして、無理にならない程度に身を動かして、少しずつ目方を落として
いくことが肝要です。そうすれば、心の臓の負担もだんだんに軽くなっていきますから」

道庵の顔にようやく笑みが浮かんだ。

ややあって、梅蔵が目を覚ました。

善太郎と万作は面会を許された。

「すまねえこって」

あお向けになったまま、梅蔵は言った。

「明日から酒も煙草も取り上げだ。命が惜しけりゃ、節制しな」

棟梁は厳しい口調で言った。

「へい、懲りましたんで」

太った大工が答えた。

「では、心の臓の音を聴きましょう」

道庵が診察を行った。

胸ばかりでなく、脈や目や舌なども入念に診る。

「いいでしょう」

医者は言った。

「このあと、煎じ薬をのんで、ひと晩ここでぐっすり寝てください。明日からは節制し、煎じ薬を欠かさずのみ、無理にならない程度に身を動かしてください。歩くだけでいいですから」

道庵は噛んで含めるように言った。

「速歩きで？」

梅蔵が問うた。

「いや、ゆっくりでいいです。無理をすると、また心の臓に負担がかかるので」

医者は答えた。

「花火を見物するのにいいところを取ろうと思って、橋の上りを急いだせいで差し込みが起きたんだ。同じしくじりをするな」

万作が厳しい顔つきで言った。

「へえ、肝に銘じますんで」

梅蔵が殊勝な面持ちで答える。

「何にせよ、道庵先生に命を助けていただいて良かったな」

善太郎がほっとする思いで言った。

「おいらの命の恩人で」

梅蔵は両手を合わせた。

「ここいらの者の命をたくさん助けてくださってるから、道庵先生は」

なみだ通りの屋台の元締めが笑みを浮かべた。

「そうそう、本所の誇りで」

万組の棟梁が和す。

「なに、医者のつとめを果たしているだけですから」

道庵はさらりと言った。

かくして、一時はどうなることかと案じられたが、医者の適切な働きで大事に至ることはなかった。翌日、大工の梅蔵は無事、長屋に戻った。

第三章　当たり狂言

一

　しばらく経《た》ったある日――。

　普請場のつとめを終えた万組の大工衆が泪寿司に顔を見せた。寿司と惣菜を長屋に持ち帰るためだ。

　善太郎とおそめ、それに、寿助の女房のおちかの姿もあった。あとはあるじの小太郎と、寿司職人の寿一だ。

「おっ、体の調子はどうだ？」

　善太郎が声をかけたのは、川開きの晩に倒れた梅蔵だった。

「おかげさんで、だいぶ楽になりました」

見違えるような顔色で、大工が答えた。

「酒も煙草もやめたからな」

棟梁の万作が言う。

「それは何よりね」

おそめが笑みを浮かべた。

「人が煙管を吹かしてるのを見ると、ああ、吸いてえと思いますが」

梅蔵はいくらかあいまいな顔つきで言った。

「そりゃ我慢しなきゃな」

「倒れたら元も子もねえからよ」

仲間が言う。

「だいぶ痩せたんじゃないか」

善太郎が言った。

「へえ、食うのを我慢して減らしてますんで」

梅蔵は腹に手をやった。

「なら、今日も寿司は抜きだな」

万作が言う。

「代わりに食ってやるよ」

「おれらはいくら食っても平気だから」

仲間が笑う。

「そんな殺生な。せっかく来たのに」

梅蔵は泣きそうな顔になった。

「なら、小盛りのバラちらしでいかがです？」

おちかが水を向けた。

秋口にややこが生まれるおなかはだいぶ目立つようになってきた。ほどほどに身を動かしたほうがいいという道庵と産婆のおすまの助言もあり、道筋を変えながら散歩する毎日だ。

「そうだな。青菜の胡麻《ごま》和《あ》えと高野《こうや》豆腐もつけてくんな」

梅蔵は白い歯を見せた。

「そういうものを食ってりゃ大丈夫だ」

万作も笑顔で言った。

「そのうち、高い足場にも登れるようになりますよ」

寿助が兄弟子に言う。

「まだ柱が外れそうで怖いがな」

梅蔵がそう答えたから、泪寿司に笑いがわいた。

二

夏も盛りになった。

「やれやれ、やっとこういうものが食えるようになったぜ」

庄兵衛の屋台の前で蒲焼きを味わいながら、客が言った。

ここいらを縄張りとする左官衆の一人だ。

「調子でも悪かったんですかい？」

庄兵衛がたずねた。

近くには見廻りにきた人情家主もいる。

「何か悪いものを食ったのか、胃の腑の具合がずっと悪くてな」

左官が答えた。

「そりゃいけないね」

と、善太郎。

「やっと良くなったんですかい」

庄兵衛が問うた。

「道庵先生に診てもらって、煎じ薬をのんでたら、嘘みてえに治りやがった」

左官はそう言って、蒲焼きをうまそうにほお張った。

「道庵先生は名医だからね」

なみだ通りの屋台の元締めが笑みを浮かべた。

「ここで安心して暮らせるのは、いい医者と十手持ちと本所方の旦那方と火消し衆と……」

庄兵衛が一つずつ指を折っていく。

「屋台衆も入れていいぜ。遅くなっても食えるものがあるからよ」

「それはありがたいね」

元締めが代わりに礼を言った。

蒲焼きの屋台を離れた善太郎は、甲次郎の天麩羅と卯之吉の風鈴蕎麦の屋台にも立ち寄った。いちばん奥まで行って戻るのはいつものことだ。

蕎麦の屋台には見知った顔がいた。

万組の大工衆にまじって蕎麦をたぐっているのは、相撲取りの誉力《ほまれりき》だ。仲の良かった幸ノ花は髷を切って屋台の団子屋に転じたが、こちらはまだ弱いながらも力士を続けている。

大工衆のなかには寿助と梅蔵の姿もあった。

「おや、また痩せたんじゃないか」

梅蔵を見るなり、善太郎が言った。

「ちょっと前までは、おいらといい勝負だったのによう」

太鼓腹の力士がそう言って箸を動かした。

「身が軽くなって楽でさ」

梅蔵が笑みを浮かべた。

「倒れてみるもんだな」

「禍《わざわい》転じて福となす、だ」

「難しいこと知ってるじゃねえか」

「道庵先生が前にそう言ってた」

大工衆がさえずる。

「うちの力士たちも、三月《みつき》にいっぺん、道庵先生に診ていただくことになりましてね」

誉力が善太郎に言った。

「それは心強いね」

善太郎が表情をゆるめる。

「転ばぬ先の杖ですから」

卯之吉も言う。

「これまでは骨接《ほねつ》ぎと按摩《あんま》だけだったのに、川開きの晩に大工が心の臓の差し込みで倒れて、危ねえところを道庵先生に助けてもらったっていう話を聞いて、親方が先生に頼んだんでさ」

誉力がいきさつを伝えた。

「おいらのおかげだな」

見違えるほど目方を減らした梅蔵が笑って言った。

「何にせよ重畳《ちょうじょう》だよ」

善太郎がうなずく。

「ほんに、ありがてえこって。食う量を減らしてるせいか、胃の腑に入るものがどれもこれもありがてえ。……ごちそうさんで」

梅蔵は丼を返した。

「これからも、ほどほどに食ってくんな」

風鈴蕎麦のあるじが笑顔で言った。

三

この年の七月二十六日、江戸の中村座《なかむらざ》で後世に残る狂言が初演された。四代鶴屋南北《つるやなんぼく》が書いた「東海道四谷怪談」だ。

この上演はきわめて凝《こ》った構成だった。「東海道四谷怪談」ばかりでなく、「仮名手本忠臣蔵」と入れ子の形式で二日間にわたって演じられたのだ。

初日はまず「忠臣蔵」の初段から六段目が演じられる。続いて、「四谷怪談」の中幕、隠亡堀《おんぼうぼり》の場までが演じられる。いいところで気を持たせて初日が終わるわけだ。

二日目は昨日の続きで「四谷怪談」の隠亡堀の場から始まり、「忠臣蔵」が七段目から十段目まで進む。

いよいよ終盤。「四谷怪談」は四幕・大詰め、「忠臣蔵」は赤穂浪士討入りで盛り上がりのうちに閉幕する。

「四谷怪談」といえば戸板返しの場面が有名だが、初演は二つの狂言を入れ子にした戸板返しを彷彿《ほうふつ》させる趣向だった。

これは大当たりとなった。「古今稀なる大入り繁盛」という記述が残っているほどだ。あまりにも好評のため、当初の予定を変更し、公演は九月十五日まで日延べとなった。

その評判は、もちろんなみだ通りにも届いた。

「さすがに二日続けて見に行くわけにはいかないいね」

善太郎が言った。

「屋台衆にも悪いし」

おそめが言う。

「そうだな。屋台衆が気張っているのに、わたしらだけ狂言見物というわけにもいかないだろう」

善太郎は笑みを浮かべた。

ほかの屋台衆もつとめがある。二日続けて出かけるわけにはいかないから、なみだ通りに居残っていた。

「東海道四谷怪談」の仔細《しさい》を伝えたのは、三遊亭圓生と弟子の三升亭小勝だった。雨降りの日、善太郎が屋台衆と相模屋で呑んでいると、にぎやかな声が響いて噺家たちが入ってきた。

「昨日まで中村座でしてね。いい冥途の土産になりましたよ」

圓生がそう言って、座敷に陣取った。

「噺の学びにもなる出来でした」

小勝も続く。

「そりゃあ良かったですね」

善太郎は笑みを浮かべた。

「なら、噺を入れ子にしてやったらどうだい」

師匠が水を向ける。

「噺だとわけが分からなくなっちまう」

小勝は苦笑いを浮かべた。

焼き茄子《なす》に穴子の酢の物。小粋な肴《さかな》を味わいながら、なおも「四谷怪談」の話を聞いた。

「怪談だから、怖かったですか」

おかみのおせいがたずねた。

「そりゃあ、もう。『もし、伊右衛門《いえもん》どの……』」

小勝は真に迫った表情と身ぶりを見せた。

「怖いねえ、おこまちゃん」

庄兵衛が八つの娘に言った。

「行きたくない」

おこまは首を横に振った。

「花火のほうがいいかい」

善太郎が問う。

「うん」

おこまはすぐさまうなずいた。

「それにしても、わたしもそろそろお迎えかと覚悟してましたが」

「十年くらい前からそう言ってます」

師匠と弟子が掛け合う。

「このたびの当たり狂言を観て、思案し直しましたよ」

圓生が言った。

「と言いますと?」

善太郎はややいぶかしげな顔つきになった。

「『四谷怪談』を書いた四代鶴屋南北は、今年で七十一だそうで」

圓生が答えた。

「師匠よりひと回りちょっと上なんですな」

小勝が驚いたように言った。

「そうそう。七十の坂を越えて、人生でいちばんの当たり狂言を出したんだから偉いもので」

圓生が感心の面持ちで言った。

「なら、師匠はまだまだこれからで」

天麩羅の甲次郎が言った。

「ひよっこみたいなもんですよ」

「そりゃ言い過ぎでしょう、師匠」

小勝がすかさず言ったから、相模屋に笑いがわいた。

「わっしは三十になる前にやめちまったから」

元相撲取りの幸吉が言った。

「七十過ぎまで取ってる力士がいたらびっくりで」

あるじの大吉が笑った。

「あ、そいつぁ噺になりそうで」

圓生が手を打った。

「何か思いつきましたかい、師匠」

小勝が訊いた。

「七十って言やあ、古来稀なる古稀《こき》だ」

「はい」

「その古稀の相撲取りがよぼよぼになっても土俵に上がってくる」

圓生が妙な身ぶりをまじえた。

「どひょーって感じですな」

小勝が身ぶりをまじえておどけた。

「どーひょーもないね」

圓生も和す。

なみだ通りの屋台衆はこぞって笑顔になった。

「で、それからどうなるんです？」

善太郎が先をうながした。

「なんとか土俵に上がって、柏手を打って、四股《しこ》を踏みます」

圓生はよぼよぼの相撲取りに扮して言った。

「相手も気を遣って大変でしょう」

と、小勝。

「それでも相撲だから、こう組み合って、よぼよぼの相撲取りが投げを打とうとしたとき……」

圓生は間を入れて気を持たせてからサゲに入った。

「嫌な音が響きます」

「骨でも折れましたか」

弟子がうまくつないだ。

「そのとおり。古稀の力士だけに、骨がコキッと折れちまったんで」

圓生がそう落とすと、相模屋は爆笑に包まれた。

なみだ通りで生まれた新たな噺、「古稀の力士」は、初代三遊亭圓生の持ちネタの一つとなった。

四

「四谷怪談」の評判は、その後もほうぼうで聞かれた。

雨降りで屋台を出せない日、善太郎は卯之吉の誘いで久々にやぶ重ののれんをくぐった。

風鈴蕎麦とはいえ、卯之吉はわりかたいい鰹節《かつおぶし》と昆布を使っている。折にふれて定評あるやぶ重の蕎麦を食して舌の学びを行っていた。

「おや、本因坊《ほんいんぼう》さんがいるよ」

のれんをくぐるなり、善太郎が小声で言った。

「跡目さんに指導碁ですかね」

卯之吉も遠慮して声をひそめた。

座敷の隅で碁盤に向き合っているのは、近くに住まいがある本因坊の元丈《げんじょう》と、その跡目を継ぐと目されている丈和《じょうわ》だった。やぶ重の座敷には碁盤が置かれ、ときおり指導碁が行われている。

「気の入った勝負ではありませんから、どうぞお構いなく」

本因坊元丈が善太郎に声をかけた。

「おいらは土間で」

卯之吉が遠慮して言った。

なみだ通りの二人は、碁の邪魔にならないところに陣取り、もり蕎麦と天麩羅の盛り合わせを頼んだ。

元丈は五十歳くらいで、善太郎よりいくらか年上だった。頭を丸めて直綴《じきとつ》をまとっているから、僧か医者のように見える。一方の丈和は四十がらみで、まだ豊かな総髪だ。

「ほう」

丈和の放った手を見て、本因坊が声を発した。

「今日観てきた狂言の戸板返しのごとき妙手だな」

元丈は感心した面持ちで言った。

「浮かんだ手を打ったまでで」

丈和が謙遜して答えた。

いずれ本因坊を襲うことになる才能ある碁打ちだ。

「それがいちばんだ」

元丈が白石を置いた。

「『四谷怪談』を観に行かれたので？」

善太郎がたずねた。

「ええ。二日がかりで疲れましたが」

本因坊が笑みを浮かべた。

「良かったですか？」

卯之吉が臆せず問うた。

「いい学びになりました。狂言の凝ったつくりが碁と一脈通じるものがあったので」

丈和が答えた。

「そうだね。ああいう碁を打って、大詰めで投了に追いこめたらさぞかし気持ちがいいだろう」

強い攻めで知られた元丈はそう言うと、いい音を立てて碁石を打ち下ろした。

ほどなく、もり蕎麦と天麩羅の盛り合わせが来た。

「来た来た」

卯之吉がさっそく箸を取る。

「まずは鱚《きす》天から行こうかね」

善太郎も続く。

海老に鱚に甘藷。どれもからりと揚がった天麩羅だ。

「ああ、やっぱりうめえ」

もりをたぐって胃の腑に落とした卯之吉が言った。

「これはいけないね。うまく打たれたよ」

本因坊が石を投じた。

「ありがたく存じました」

丈和がていねいに一礼した。

「では、蕎麦と酒にするか」

元丈が言った。

本因坊はなかなかの酒好きだ。

「肴は何にいたしましょう」

あるじの重蔵《しげぞう》が訊いた。

「まあ、やはり天麩羅だな」

本因坊が言った。

「人が食べているのを見たら食べたくなりますからね」

その跡目を継ぐ者が笑みを浮かべて言ったから、やぶ重に和気が漂った。

五

二日後――。

泪寿司がいつものようにのれんを出すと、客が次々に入ってきた。

「今日は玉子寿司もありますので」

見世を手伝っているおちかが明るい声を発した。

「おっ、なら一つだけ食うか」

「玉子は値が張るからよ」

普請場帰りとおぼしい左官衆がそう言いながら奥の座敷に陣取った。

広からぬ見世だから、それだけでもう一杯になる。奥では寿一が腰を下ろして持ち帰り用のバラちらしをつくっていた。

あるじの小太郎は母のおそめとともに惣菜の持ち帰り場に立っている。金平牛蒡《きんぴらごぼう》、高野豆腐、雷蒟蒻《こんにゃく》、青菜の胡麻和え、昆布豆、卯の花など、とくに凝ったものではないが、長屋に持ち帰って酒の肴にするにはもってこいだ。普請場帰りの左官衆や大工衆や近くの女房衆などが競うようにやってくるから、客の波が引くまでは寿司の持ち帰りを担うおちかとともに大忙しになる。

「そろそろ亭主も来るぜ」

「同じ普請場だったからよ」

そろいの半纏《はんてん》の左官衆が言った。

「そうですか。お疲れさまで」

おちかが答えた。

「もうじきお産じゃねえのかよ」

左官の一人が問う。

「まだちょっと間がありそうですけど」

と、おちか。

「早めに生まれることもあるからね。……はい、お待ちで」

惣菜の持ち帰りの手を動かしながら、おそめが言った。

「いい子を産みな」

「なみだ通りが明るくなるからよ」

左官衆が声をかけた。

「はいっ」

おちかがいい声で答えた。

以前は実家の提灯屋の上州屋と掛け持ちで気張っていたのだが、さすがにそれは大儀なので、いまは泪寿司の手伝いだけだ。つとめが終わった寿助が迎えに来ることもしばしばある。

「おう、うまかったぜ」

「またな」

左官衆がさっと小腹を満たしてから腰を上げた。

「ありがたく存じました」

小太郎が頭を下げた。

左官衆と入れ替わるように、万組の大工衆がやってきた。寿助もいる。

それぱかりではなかった。学者の中園風斎の顔もあった。

「『四谷怪談』を観た帰りだそうですよ、先生」

棟梁の万作が風斎のほうを手で示した。

「それはそれは。いかがでしたか？」

おそめが訊いた。

「二日がかりになるから迷ったけれど、行って良かったですよ。明日からまた寺子屋を気張らないと」

風斎はそう言うと、惣菜に目をやってあれこれと頼みはじめた。

寺子屋に持ち帰り、書見をしながら食すのが毎日の楽しみになっている。

「おれらは普請場があるから無理そうだな」

「いや、長雨になったら行けるぜ」

「あらかじめ分かりゃいいけどよ」

頼んだ寿司を待つあいだに、大工衆が口々に言った。

「でも、怪談がはやるのがいいのかどうか」

風斎の惣菜を包みながら、おそめがいくらか案じ顔で言った。

「ああ、そういう声は中村座でも聞きましたよ」

風斎が伝えた。

「何か悪いことが起きる前ぶれじゃなきゃいいけど」

手を動かしながら、おちかがちらりと寿助のほうを見て言った。

「悪いことって、はやり病とかか？」

寿助が問うた。

「はやり病だけでもいろいろあるからね」

おちかが答えた。

「また回向院へお参りでも行こうかね。……はい、お待ちで」

おそめが風斎に包みを渡した。

「泪寿司のものを食べていたら、無病息災なので」

風斎は笑みを浮かべて受け取った。

「うまいこといいますね、先生」

「狂言を観てきた帰りだから、いつもより上機嫌で」

大工衆が言う。

「はは、そうかもしれないね。……では、お先に」

風斎は軽く包みをかざして答えた。

「お疲れさんで」

「せがれがまた寺子屋に通わせてもらいまさ」

大工衆が口々に言った。

「はい、お待たせしました」

「順々にお渡しします」

持ち帰り寿司の支度が整った。

小太郎とおちか、それにおそめも手を貸して客に渡していく。

「おお、来た来た」

「うちで呑むか？　干物ならあぶれるぜ」

「そうだな。そうするか」

たちどころに相談がまとまった。

「あんまり呑みすぎるな」

万作がクギを刺した。

「へい」

「ほどほどにしときまさ」

万組の大工衆が答えた。

六

ややあって、屋台の見廻りを終えた善太郎が顔を出した。

「甲次郎の屋台にも『四谷怪談』を観てきた客がいたよ」

風斎が見物帰りだったという話を聞いて、善太郎が言った。

「ずいぶん多いですねえ」

寿助が感心したように言う。

ほかの大工衆は引き上げていったし、惣菜もあらかた売り切れたから泪寿司は静かになった。

「そりゃあ、江戸始まって以来の当たり狂言らしいから」

と、おそめ。

「あっ、あれは」

小太郎が近づいてくる提灯を指さした。

「おや、道庵先生だね」

善太郎が目を凝らして言った。

「往診の帰りかしら」

おそめが言う。

「それなら、ちょっとお伝えしたいことが」

おちかがいくらかあいまいな顔つきで言った。

「何だい？」

寿助が気づかって問う。

「おなかがときどきちくちくするの。まさかとは思うんだけど」

おちかは帯に手をやった。

ほどなく、道庵と跡継ぎの照道が姿を見せた。やはり往診の帰りらしい。

「いかがですか、具合は」

道庵がたずねた。

「おなかがちくちくするって言うんです」

寿助が代わりに答えた。

「いままで、こんなことはあんまり」

おちかは不安げな顔つきになった。

「そうですか。胃の腑ではなく」

医者の顔つきが引き締まる。

「ええ、ややこのほうだと思います」

おちかはそう伝えた。

「分かりました。座敷を使わせていただきます」

道庵は言った。

「ええ、どうぞ」

「お願いいたします」

小太郎とおそめの声がそろった。

ひとしきり診察が続いたが、にわかにお産が始まるというわけではなさそうだった。

「念のために、見世の手伝いはしばらくお休みにしたほうがいいかもしれませんね」

診察を終えた医者が言った。

「分かりました」

おちかがうなずいた。

「無理はさせませんので」

寿助が請け合う。

「なら、今日はこれで」

おそめが言った。

「一緒に帰ってやれ」

奥から寿一がせがれの寿助に言った。

「分かったよ、おとっつぁん」

寿助が答えた。

「では、何かありましたら、わたしか産婆さんのところへ」

道庵が言った。

「承知しました」

寿助がうなずく。

「ご苦労さまで」

去っていく医者に向かって、なみだ通りの元締めが一礼した。

第四章　涙雨のあと

一

なみだ通りに涙雨が降った。
危惧していたことが、うつつのものとなってしまった。
道庵の診察を受けた翌々日、寿助の女房のおちかが急に差し込みを起こした。
寿助があわてて産婆と道庵のもとへ走って知らせた。
だが……。
時すでに遅かった。
月足らずで生まれた赤子が泣き声をあげることはなかった。
不幸中の幸いだったのは、おちかが無事だったことだ。むろん、達者というわけにはいかないが、しばらく養生すれば元通りになるだろうという道庵の診立てだった。

「さぞや気落ちしてるだろうな。かわいそうに」

万組の棟梁の万作が言った。

雨降りで普請場が休みだから、相模屋で呑んでいるところだ。

「寿助はあんなに楽しみにしてたのによう」

「気の毒なこった」

仲間の大工が言う。

「まあ、でも、おちかちゃんは無事だったから」

人情家主の善太郎が言った。

「母親まで亡くなることもありますからね」

庄兵衛が言う。

「そのうち立ち直りますよ」

相模屋のあるじの大吉が言った。

「まだ若いんだから」

おかみのおせいも和す。

「いまは思い切り泣けばいいさ」

万作がしみじみとした口調で言った。

「そうですね。止まない雨はないんで」

庄兵衛が言う。

「明けない夜もないから」

善太郎がそう言って、猪口の酒を呑み干した。

「朝になったら、陽はまた昇るからよ」

「寿助が普請場へ来たら励ましてやらねえと」

「根は明るいやつだから」

大工衆が口々に言った。

「今日は雨で良かったかもしれねえな」

棟梁が言った。

「おちかちゃんのそばにいてやれますからね」

善太郎が言う。

「二人で泣きゃいいさ」

万組のかしらはそう言うと、一つ太息をついた。

二

「さ、煎じ薬だ」

寿助がおちかの身をゆっくりと起こした。

「うん」

おちかは小さくうなずくと、道庵が処方してくれた煎じ薬の湯呑みを口元に運んだ。

月足らずで死んでしまった子は、すでに道庵と産婆がしかるべき手配をしてくれた。回向院での供養が終わり、寿助とおちかのもとには位牌が残された。

俗名　寿吉《じゆきち》

名がそう記されている。

息がなかったとはいえ、この世に生まれてきたことに変わりはない。名無しではふびんだからと、かねてあたためていた名をつけた。

「ゆっくりでいいよ」

寿助がやさしい声をかけた。

こくりとうなずくと、おちかは煎じ薬を少しずつのんだ。

雨音が聞こえる。さほど強くはないが、長屋の屋根に雨が降り注いでいる。

「よし、それでいい。休んでいなさい」

寿助はそう言うと、また手を貸しておちかをあお向けに寝かせた。

ふっ、と息をつき、おちかがそっとおなかに手をやる。

「いなくなっちゃったね」

悲しい死産をした女が寂しげに言った。

またひとしきり雨音が響いた。涙雨だ。

「……いるさ」

少し間を置いてから、寿助は言った。

「どこに？」

おちかがたずねた。

「空のどこかに、いるさ」

のどの奥から絞り出すように、寿助は言った。

「……そうね」

おちかは瞬《まばた》きをした。

「歩けるようになったら、湯屋の帰りに、探してやろう」

寿助は無理に笑みを浮かべた。

おちかがうなずく。

「さあ、寝なさい。いまは休むのがいちばんだ」

寿助が声をかけた。

おちかはまたゆっくりとうなずいた。

三

寿助が普請場に出ているときは、長屋の衆がおちかを気づかった。ことにおそめは日にいくたびも顔を出し、おちかの具合を気にかけていた。

おちかの実家の提灯屋、上州屋のあるじの三五郎《さんごろう》とおかみのおうのも末娘の具合を案じ、折にふれて様子をうかがいに来た。

善太郎の女房のおそめが惣菜を見繕って届けにいくと、ちょうど上州屋のおかみと鉢合わせになった。

「いま仏様を渡したところなんです」

提灯屋のおかみが言った。

「仏様を？」

おそめは少しけげんそうな顔つきになった。

「あとで見てやってください」

おうのが笑みを浮かべた。

「分かりました」

おそめはそう答えると、おちかのほうを見た。

「これ、お惣菜ね。具合はどう？」

経木の箱に入れた惣菜の包みを渡してたずねる。

「ありがたく存じます。昨日よりだいぶ身に力が入るようになりました」

おちかは答えた。

昨日はずっと寝ていたが、いまは身を起こしている。

「そう、それは良かった」

おそめは安堵したような顔つきになった。

「ほんとに、娘が世話をかけまして」

おうのが頭を下げた。

「いえいえ。元気になってもらわないと。ちょっとずつでいいから」

おそめが言った。

ここで上州屋のおかみが部屋に上がり、位牌の横に置かれていたものを手に取っておそめに見せた。

「ああ、これが仏様」

おそめは納得してうなずいた。

「ええ。知り合いが彫っているもので、寿吉の代わりにと」

おうのが答えた。

それは木彫りの仏像だった。穏やかな笑みを浮かべている。

「わらべみたいに見えるので」

おちかが言った。

「亡くした子の代わりだと言ったら、いいものを彫ってくださって」

上州屋のおかみが告げた。

「そうですか。しばらくは抱いて寝れば、少しは悲しみも癒えるでしょう」

おそめはしみじみと言った。

「そうします。話もします」

おちかはそう言って瞬きをした。

「なら、おっかさんのところへお行き」

母が娘に仏像を渡した。

「……お帰り、寿吉」

おちかは木彫りの仏像の頭をやさしくなでてやった。

「寿助さんと二人でかわいがってあげて」

おうのが言った。

「うん。ありがとう、おっかさん」

おちかはようやく笑みを浮かべた。

四

「これなら大丈夫でしょう」

おちかの往診に来た道庵が笑みを浮かべた。

「少しなら歩いても平気でしょうか」

寿助がたずねた。

「ええ、かまいません。むしろ、近場を散歩するのはいいことですよ」

道庵が言った。

「なら、屋台にでも行こうか」

寿助が水を向けた。

「そうね。いちばん近いお団子屋さんへ」

おちかは乗り気で答えた。

「では、身の養いになるものを食べて、よく休むようにしてください。本復は近いですから」

帰り支度を整えて、道庵が言った。

「ありがたく存じました、先生」

「助かりました。ありがたく存じます」

若夫婦の声がそろった。

道庵を見送った二人は、幸福団子の屋台へ向かった。

「ああ、風が吹いてる」

ゆっくり歩を進めながら、おちかが言った。

「やっぱり外は気持ちがいいだろう」

と、寿助。

「そうね」

おちかはうなずいた。

幸福団子の屋台のほうから、醬油の焦げるいい香りが漂ってきた。すでにわらべたちがいくたりか来ている。

「あっ、おちかさん、もう歩けるようになったんですか？」

おかみのおさちが気づいて声をかけた。

「ええ、おかげさまで」

おちかは笑みを浮かべた。

「なら、快気祝いでいくらでも焼きますんで」

幸吉が白い歯を見せた。

「それじゃ悪いから」

寿助があわてて言った。

「いや、わっしの気持ちなんで」

もと相撲取りが言った。

みたらし団子と焼き団子。どちらも心にしみる味だった。

「おいちゃん、うめえよ」

「そうかい。ありがとな」

「また食いにくらあ」

「おう、来てくんな」

幸吉と客のわらべが掛け合う。

どうやら中園風斎の寺子屋の帰りらしい。ほかのわらべから「風斎先生」という名が出ていた。

団子をゆっくり味わいながら、おちかはわらべたちを見ていた。

無事に育てば、寿吉もあんなふうになったのかもしれない。

そう思うと、また寂しさが胸に迫った。

それをいくらかでもまぎらわせてくれたのが団子の味だった。

「うまいな」

横に立って味わいながら、寿助が言った。

「うん、おいしい」

おちかはそう答えて団子をかんだ。

みたらしのたれがかかった団子の甘味が口いっぱいに広がる。

生きている証《あかし》だ。

寿吉の分まで、気張って生きていかなきゃ。

おちかはおのれに言い聞かせた。

そして、この味を忘れまいと思った。

五

「今日は二人で行ってきな」

長屋の隣に住んでいる寿一が、せがれの寿助に言った。

足が悪くて杖を突きながらゆっくり歩く父とともに湯屋へ通うのは、いつもの寿助の習いだ。

「おとっつぁんはいいのかい」

寿助は問うた。

「ああ、ゆうべ行ったから。続けて通うのも大儀だからな」

寿司職人はそう言うと、軽く右手を挙げて帰っていった。

そんなわけで、寿助はおちかとともに湯屋へ行くことになった。

「帰りに屋台で食うか」

歩きながら、寿助が訊いた。

「そうね。お蕎麦がいいかも」

おちかが答えた。

「なら、卯之吉さんの蕎麦を食おう」

「うん」

相談はすぐまとまった。

男湯にだけ二階に休み処がある。茶と菓子を味わうことができるから、女のほうが風呂が長くても上がるのを待つことができる。寿助は頃合いを見て女湯のほうに声をかけ、おちかと一緒に湯屋を出た。

「どうだった？」

寿助がたずねた。

「久々だったから、さっぱりした」

おちかが答えた。

「立ちくらみとか起こさなかったか？」

寿助は女房の身を案じた。

「うん、大丈夫」

おちかは笑みを浮かべた。

それからしばらく話をしながら歩いた。湯屋では長屋の女房衆から声をかけてもらったらしい。おちかと同じように死産をした者もいれば、いくたりも赤子のうちにはやり病などで亡くしてしまった者もいた。

「みなさん悔やみの言葉をかけてくださったから、いくぶんは気が軽くなったわ」

おちかは言った。

「そうかい。荷を背負っているのは、うちだけじゃないから」

寿助はそう言って、提灯で行く手を照らした。

もうすっかり暗くなった。

夜空では星がとりどりに瞬いている。

「どこかに寿吉もいるね」

星を見上げて、おちかが言った。

「ああ……どれだろうな」

寿助は瞬《まばた》きをした。

「きっと見てる」

おちかの声がかすれた。

「……そうだな」

短く答えると、寿助はまた目をしばたたかせた。

夜空のどの星もうるんで見えた。

六

「そうかい。湯屋へ行けるようになったのかい」

風鈴蕎麦のあるじが笑みを浮かべた。

「おかげさまで」

寿助が軽く頭を下げた。

「ご心配をおかけしました」

おちかも続く。

「つらいことばかりじゃないからな、この江戸の暮らしは」

蕎麦をつくりながら、卯之吉が言った。

「ええ」

おちかはうなずいた。

卯之吉の身にかつて起きた悲しい出来事については、寿助から聞いていた。なみだ通りで暮らす者ならだれしもが知っている哀話だ。

腕のいい左官だった卯之吉が普請場に出ているとき、長屋で火事が起きた。それに巻きこまれた女房とせがれがあたら命を落としてしまったのだ。せがれはまだ十にもならないわらべだった。

家族をいっぺんに亡くして生きる望みをなくした卯之吉は、大川へ身を投げようとした。しかし、この世の食い納めにと食した屋台の蕎麦の味が心にしみて思い直した。卯之吉は一杯の蕎麦で救われたのだ。

そのときの恩返しとばかりに、卯之吉は修業をして風鈴蕎麦の屋台のあるじになった。涙がしみた卯之吉の蕎麦のつゆは、おかげでよそより深い味わいに感じられる。

「はい、お待ちで」

蕎麦ができた。

「立ったままで食えるかい」

卯之吉がおちかを気づかう。

「ええ、大丈夫です」

おちかは笑みを浮かべた。

「ああ、うまいな」

蕎麦をたぐりながら、寿助が言った。

「うん、おいしい」

おちかも和す。

「そこのやぶ重に比べたら、こしのねえ蕎麦で相済まねえがな」

風鈴蕎麦の屋台のあるじが言った。

「いやいや、つゆがうまいし、風鈴蕎麦のなかじゃ大関で」

寿助がうまいことを言った。

「ほんとに、心にしみる味です」

おちかがそう言って瞬きをした。

「そうかい。そりゃ良かった」

卯之吉は笑みを浮かべた。

おのれもかつて「人生最後の一杯」を食し、身投げを思いとどまって蕎麦の屋台のあるじになった。同じような心に残る蕎麦を出せればと念じていたのだが、どうやらささやかな願いは叶ったようだ。

「ああ、おいしかった」

寿助が先に箸を置いた。

「ゆっくりでいいよ」

おちかに声をかける。

「つゆは無理して全部呑まなくてもいいから」

卯之助も気づかって言った。

「じゃあ、少し残させていただきます」

おちかはいくぶんすまなそうに言った。

「ああ、いいよ」

卯之助は鷹揚《おうよう》に右手を挙げた。

七

帰りに甲次郎の天麩羅の屋台にも寄った。

ここには元締めの善太郎と往診帰りの道庵がいた。

「おや、もう外を歩けるようになったんですね」

道庵が気づいて言った。

「今日は一緒に湯屋へ」

寿助が答えた。

「おかげさまで、だいぶよくなりました」

おちかが頭を下げた。

「それは何よりです」

総髪の医者が笑みを浮かべた。

「その顔色なら、もう大丈夫だね」

善太郎が言った。

「ご心配をおかけしました」

おちかが笑みを浮かべた。

「甘藷の串がだいぶ余ってるから、持って帰りな。銭はいいから」

甲次郎が言った。

「いやいや、払いますよ」

寿助があわてて言う。

「なに、気持ちだから」

天麩羅の屋台のあるじはそう言うと、さっそく手を動かしだした。

それぞれべつの病だが、せがれと女房を亡くしている。若夫婦の心の痛手は身にしみて分かった。

「なら、長屋に戻って食わせてもらいますんで」

包みをもらった寿助が言った。

「わたしも少しいただきます」

おちかが和す。

「では、気をつけて。もう大丈夫だとは思うけれど、何かあったら知らせてください」

道庵が言った。

「はい、ありがたく存じます」

おちかがまた頭を下げた。

「なら、お先に帰りますんで」

寿助が言った。

すっかりいつもの口調に戻っていた。

八

善太郎は道庵とともに、なおしばらく甲次郎の屋台にいた。

「まあとにかく、ただの熱のようでほっとしましたよ」

往診帰りの医者がそう言って、控えめに湯呑みの酒を口に運んだ。

診療所に深刻な患者はいないから、今夜は珍しくゆっくりできそうだ。

「疱瘡《ほうそう》とかだったら大変ですからね」

善太郎が言った。

「ええ。わたしはまだ罹っていないので」

道庵がいくらかあいまいな顔つきで言った。

「罹らないのがいちばんでさ」

甲次郎がおのれの顔を指さした。

それほどひどくはないが、少しあばたがある。かつて疱瘡に罹った証だ。

「同じころに罹ったからな」

善太郎が幼なじみの甲次郎に言った。

「はしかもそうだった」

と、甲次郎。

「仲のいいことで」

道庵が笑みを浮かべた。

「薬ですぐ治るといいんですがね」

善太郎がそう言って、終《しま》いものの甘藷の串を口中に投じた。

「いずれそういう世の中になるでしょう」

医者がしみじみと言った。

「何年先になるでしょうかねえ」

なみだ通りの人情家主が訊いた。

「さあ、そればっかりは」

道庵は軽く首を振った。

「何にせよ、はやり病はこりごりで」

せがれをはやり風邪で亡くした甲次郎が言った。

「まったくです」

医者が引き締まった表情でうなずいた。

第五章　赤い町

一

厳しい暑さが和《やわ》らぎ、江戸の町に秋の気配が忍び寄ってきた。

本来なら、これからさわやかな季節になる。空は青く澄みわたり、心地いい風に吹かれながら人々が穏やかに歩を進める。江戸でもことに過ごしやすい、悦《よろこ》びの季《とき》だ。

だが……。

今年はいささか様子が違った。

青い空のもと、江戸の町には赤いものが少しずつ増えていった。

なみだ通りの屋台も同じだった。紐だったり、布切れだったり、種はとりどりに異なるが、赤いものが屋台にくくりつけられるようになった。

「仕方ねえや。来てもらっちゃ困るから」

秋風は吹きだしたが、まだおでんではなく蒲焼きをあきなっている庄兵衛が言う。

「そうだな。お客さんに罹ってもらっても困るし」

風鈴蕎麦の卯之吉も和す。

これから船出をする屋台の湊だ。

「いっそのこと、団子のひと玉を赤くしたらどうだって言ってたんだがね」

善太郎が笑って言った。

「紅粉を使えばできるけど、ちょいと割高になるからねえ」

おそめが言う。

「それなら、赤い鉢巻きでも締めたほうがいいぜ」

天麩羅の甲次郎も出てきた。

「ああ、それはいいかも」

おそめが乗り気で言った。

「一文字『泪』とでも染め抜くか」

と、善太郎。

「平がな三文字の『なみだ』のほうがやわらかくていいような気も」

俳諧師でもある庄兵衛がそんなこだわりを見せた。

「なら、そのうち手配してこよう」

善太郎が言った。

「そのうち、じゃ遅いわよ、おまえさん。疱瘡は待ってくれないから」

おそめの眉間にうっすらとしわが浮かんだ。

「分かった。明日にでも頼んでくるよ」

善太郎はそう請け合った。

なみだ通りの屋台に赤いものがくくりつけられるようになったのにはわけがあった。

疱瘡の神は赤いものを恐れる。

古くからそう信じられてきたからだ。

今年の秋、江戸では恐ろしい病がはやりはじめた。

二

お役三病と呼ばれる。

疱瘡、はしか、水疱瘡の三つだ。

どの病も、生涯にひとたび罹れば二度と罹ることはない。大きなお役をつとめるようなものだから、いつしかそう呼ばれるようになった。

しかし、首尾よくお役を終えられるかどうかは分からない。落命してしまう者も後を絶たなかった。

このほかに、はやり風邪やコロリなどもある。江戸の民は、はやり病の荒海を越えながら人生の舟を漕いでいかなければならない。

疱瘡はことに恐ろしい病だ。

わらべや妊婦が罹ると、落命に至る例も多かった。どうにか一命を取りとめても、ひどいあばたが残ってしまうこともある。

この恐ろしい病には特効薬がなかった。種痘《しゅとう》が広く行われるようになるのはまだまだ先の話だ。医者としては、ただ熱を下げることに腐心するしかなかった。

あとは、神頼みだ。

疱瘡神は赤いものを恐れる。

その言い伝えを信じて、人々は赤いものを飾ったり身に着けたりした。

「しばらくはこれで」

相模屋のあるじの大吉が額を指さした。

赤い鉢巻きが巻かれている。

「すぐつくってくれてありがたかったね」

善太郎が言った。

その額にも、「なみだ」と染め抜かれた赤い鉢巻きが巻かれていた。

「うちもおっつけできるんで」

万組の棟梁の万作が言った。

大工衆も屋号を染め抜いた赤い鉢巻きを締めてつとめを行うという段取りだ。

「そのうち、赤い鉢巻きだらけになるかも」

おかみのおせいが笑みを浮かべた。

「わらべもしたほうがいいぜ、おこまちゃん。みんなで巻いたら疱瘡の神様も逃げちまうから」

庄兵衛が八つの娘に声をかけた。

「わらべの仲間は平気かい？」

そう声をかけたのは寿助だった。

今日は雨降りだから、なみだ通りの屋台衆も万組の大工衆もつとめは休みだ。

「まだ大丈夫」

座敷の隅に座ったおこまが答えた。

そのひざの上では、つくばが丸まって寝ていた。猫は疱瘡とは無縁だが、その首の紐も験《げん》を担いで赤くなっている。

「ひとたびはやりだしたら、わっと広まるかもしれませんからね」

おせいが案じ顔で言った。

「もし一人出たら、寺子屋は休みになるそうで」

相模屋のあるじが伝えた。

「わらべもそうだが、寿助んとこは危なかったな」

棟梁の万作が言った。

「子を孕《はら》んでいるときに疱瘡に罹ったら危ないと聞きますから」

寿助がいくらかあいまいな表情でうなずく。

「女房まで死んじまったら立ち直れねえからな」

「不幸中の幸いで」

大工仲間が言った。

「そう思うようにしてまさ」

寿助が答えた。

ほどなく、秋刀魚《さんま》の塩焼きが次々に出された。

これからは秋刀魚がうまい季節だ。こんがりと焼いて、たっぷりの大根おろしを添え、醬油をたらして食せば実にうまい。

「煮売り屋なのに、焼きものも多くて相済まねえこって」

大吉が言った。

焼き握りや握り茶漬けはもはや相模屋の名物で、それを目当てに通う客まで出るようになった。このところはうどんを打って出したりもしている。看板こそ煮売り屋だが、何が出てくるか分からない見世だ。

「いや、相模屋は相模屋で」

庄兵衛がそう言って、湯吞みの酒を啜《すす》った。

「そりゃ名言かもしれない」

善太郎が笑みを浮かべた。

「食ってうまけりゃ、看板は何でもいいぜ」

棟梁の万作がそう言ったから、相模屋に笑いがわいた。

三

疱瘡の影はその後もしだいに濃くなってきた。

赤いものをくりつけたなみだ通りの屋台でも、懸念の声がしばしば聞かれるようになった。

ある晩、いつものように善太郎が提灯を提げて見廻りに出ると、天麩羅の甲次郎の屋台の前に二人の武家の姿があった。

本所方の魚住剛太郎与力と安永新之丞同心だ。

「ご苦労さまでございます」

善太郎が声をかけた。

「ああ、これは元締めさん」

安永同心が気づいて答えた。

「いま旦那がたと話してたんだが、深川のほうも疱瘡で大変みたいだな」

竹馬の友の甲次郎が言った。

「どうも芳《かんば》しくないようだ」

魚住与力がそう言って、海老の串を口中に投じた。

「さようですか。江戸じゅうが見えないあらしのようなものにもまれだしているわけですか」

憂慮の表情で、善太郎が言った。

「見えないあらしとは言い得て妙だ。ただのあらしなら、雨戸を閉めて立てこもっていればいいが、そういうわけにもいかぬから」

本所方の与力が浮かぬ顔で言った。

「深川では医者も罹ってしまったそうで」

安永同心が告げた。

「そりゃあ剣呑《けんのん》で」

善太郎が眉根を寄せた。

「そのせいで、患者が出たら右往左往しているようだ」

と、与力。

「うちのほうは道庵先生がいてくださってるんで」

赤い鉢巻きを締めた甲次郎が言った。

「道庵先生が頼みの綱のようなもんだな」

善太郎が言う。

「たとえ疱瘡そのものは治せなくても、罹ったら熱が出る。熱さましの薬を煎じてもらえるだけでも、助かる命はあるだろう」

魚住与力がそう言って、残りの串を胃の腑に落とした。

「今戸《いまど》のほうでは、不眠不休の治療に当たっていた医者が心の臓の差し込みで亡くなってしまったそうで」

安永同心が伝えた。

「そりゃあ気の毒に」

甲次郎がそう言って、軽く両手を合わせた。

「道庵先生も気張りすぎないようにしていただかないと」

善太郎が気づかった。

「しかし、患者が出れば助けようとするのが医者ゆえ、どうしても気張ってしまうことになるだろうな」

魚住与力が言った。

「要は、疱瘡が収まればいいんですがね」

天麩羅の屋台のあるじが言った。

「これぱっかりは、神頼みだから」

善太郎は屋台にくくりつけられている赤い紐を指さした。

四

泪寿司の看板にも赤い布が巻かれた。

「『泪』しか見えなくなっちまったけど」

あるじの小太郎が母のおそめに言った。

善太郎とともに惣菜を運んできたところだ。いつもの金平牛蒡や高野豆腐などに加えて、椎茸の煮つけや大根菜の胡麻和えなどもある。

「全部隠したって、お客さんはみな分かるから」

おそめは笑みを浮かべた。

「まあしかし、疱瘡は食いものとはあまり関わりがないらしいので」

善太郎が言った。

「コロリだったら大変だけど」

おそめが眉根を寄せた。

「今日も精のつくものを召し上がっていただきましょう」

そう言ったのは、泪寿司を手伝っているおちかだった。

子を死産してしまったおちかだが、いまはすっかり本復し、泪寿司で惣菜の持ち帰り場を担っている。このあいだからまた実家の上州屋の手伝いも始めた。忙しくしていたほうが気がまぎれるし、身の具合も良くなるという話だ。

「そうだな。なら、頼むよ」

善太郎が右手を挙げた。

「はい、気張ってやります」

おちかが明るい声で答えた。

「今日はまたおいしそうだね」

「さっそく買いに来たよ」

近くの女房衆が鉢を手にしてやってきた。

「いらっしゃいまし」

「口開けなんで、いくらでもありますよ」

おちかとおそめが笑みを浮かべて言う。

その様子を見ると、善太郎は通りに出た。

なみだ通りに出ている屋台はまだ幸福団子だけだから、いったん湊に戻る。西のほうの空は少しずつ赤くなってきたが、まだ暮れるまでには間がありそうだ。

赤い夕焼けが疱瘡を祓ってくれればいいんだが……。

そんなことを考えながら、善太郎は通りを戻っていった。

幸福団子の前にはわらべがいくたりもいた。ただし、団子を食べてはいるものの、いつものような元気な声は響かなかった。

「あっ、元締めさん、大変です」

おかみのおさちが善太郎に気づいて声をかけた。

「どうした？」

善太郎が問う。

「寺子屋で出ちまったそうで」

幸吉が団子を焼きながら言った。

「疱瘡か？」

暗然とする思いで、善太郎は訊いた。

「明日から休みで」

「治るといいけど」

わらべたちが言った。

「風斎先生は？」

善太郎はわらべたちに問うた。

「道庵先生に相談を」

教え子の一人が答えた。

「そうかい。気をつけてな」

なみだ通りの屋台の元締めが、幸福団子の小さい客たちに言った。

五

その晩――。

「おっ、もう売り切れかい？」

見廻りに出た善太郎が庄兵衛に声をかけた。

「ほどほどに仕込んだんで」

庄兵衛が答えた。

「おでんを待ちかねていたお客さんもいただろうからね」

善太郎が笑みを浮かべた。

「蒲焼きは昨日でしまひ秋の立つ……いや、もうとうに秋は立ってますが」

俳諧師でもある男が発句《ほっく》で答えた。

そこへ、十手持ちが通りかかった。

「その匂いはおでんだな」

額扇子の松蔵親分が言った。

「そのとおりですが、あいにく売り切れで」

庄兵衛が申し訳なさそうに告げた。

「なんだ。何も残ってねえのかい」

と、親分。

「じゃがたら芋の滓《かす》なら残ってますが」

「滓を食ってもしょうがねえや」

松蔵親分は苦笑いを浮かべた。

「ときに、寺子屋でも疱瘡が出たそうですね」

善太郎が十手持ちに言った。

「そうらしいな。いよいよまずくなってきやがった」

松蔵親分の顔が曇る。

「親御さんらもさぞや気がかりで」

と、善太郎。

「わらべが罹ると、治らねえこともあるから」

十手持ちが答えた。

「こっちは神頼みしかできないので」

庄兵衛が赤い鉢巻きに手をやった。

「いくら疱瘡の神が赤いものを怖がるからと言ったって、江戸じゅうを火の海にするわけにゃいかねえや」

松蔵親分が荒っぽいことを口にした。

「それは本末転倒で」

いくらかあいまいな表情で善太郎は答えた。

「何にせよ、道庵先生に気張っていただいて、一人でも多くの命が助かればな」

十手持ちの声に力がこもった。

「まったくで」

庄兵衛がうなずく。

「神頼みじゃなくて、医者頼みですな」

善太郎が言った。

六

翌日は雨になった。

なみだ通りの屋台は早々にあきらめ、元締めの善太郎が甲次郎と卯之吉を誘って相模屋へ行った。庄兵衛は橋向こうで俳諧の寄合があるらしい。幸吉にも声をかけたのだが、「わっしは幅を取るから」と遠慮して乗ってこなかった。どうやら長屋でおさちと一緒に過ごしているほうがいいらしい。

「寺子屋でも疱瘡が出たらしいけど、おこまちゃんは平気かい？」

土地《ところ》の左官衆のかしらがたずねた。

土間は同じ屋号の半纏で一杯だ。なみだ通りの面々は座敷に陣取っている。そこにおこまも看板猫のつくばもいた。

「うん、平気」

猫をひざに乗せた娘が答えた。

「この子はお役を済ませてるので」

おかみのおせいが言った。

「へえ、いつ済ませたんだい」

左官の一人がたずねた。

「おととし」

おこまが答えた。

「幸い、軽かったんですよ」

おせいが言った。

「そりゃ何よりだ。おいちゃんみてえになっちまったら大変だからな」

べつの左官がおのれのあばた面を指さした。

繁華なところを歩いていると、疱瘡で一命を取りとめたもののあばたが残ってしまった者に折にふれて出くわす。

「うわ、よかった」

おこまが大仰に言ったから、相模屋に笑いがわいた。

「あらしと同じで、そのうち収まることは収まるだろうからね」

善太郎がそう言って、味のしみた厚揚げを口に運んだ。

「ずっと続くことはねえんで」

甲次郎は大根だ。

厚揚げも大根も、じっくり煮たものに練り辛子を少しつけて食せば口福《こうふく》の味になる。

「赤いものも見飽きましたからね」

風鈴蕎麦の卯之吉はそう言って秋刀魚の蒲焼きに箸を伸ばした。

秋の恵みの秋刀魚は塩焼きもいいが、蒲焼きも美味だ。

「おれらも鉢巻きを赤くしてやったがよ」

左官のかしらがおのれの額を指さした。

「大工らも赤いから、見分けがつかねえや」

「建てる前から火が出てるみてえでよ」

「験《げん》の悪いことを言うんじゃねえや」

左官衆が掛け合う。

「火を出すのはうちだけに」

あるじの大吉がそう言いながら焼き握りに刷毛《はけ》で醬油を塗った。

たちまちいい香りが漂う。

「それだと、相模屋が燃えちゃうみたいじゃない」

おせいがすかさず言った。

「燃えたら困るよ」

おこまが座敷から言ったから、煮売り屋に笑いがわいた。

町は疱瘡で大変だが、江戸の民はほどほどに息を抜きながらしぶとく暮らしている。

ほどなく、焼き握りと握り茶漬けが左官衆のもとへ運ばれた。

「茶漬けが呼んでるな」

甲次郎が控えめに右手を挙げた。

「雨の日はことに食べたくなるね。わたしももらおう」

善太郎が続く。

「なら、おいらも」

卯之吉も手を挙げたとき、あわただしくまた客が入ってきた。

学者の中園風斎だった。

七

「きょうだいはみなうちの寺子屋に通ってくれていたので」

風斎が肩を落として言った。

疱瘡で亡くなったわらべの悔やみに赴《おもむ》いた帰りらしく、風斎はおかみに頼んで塩を身に少し振りかけてから座敷の隅に腰を下ろした。

「きょうだいは無事で？」

善太郎がまず気づかった。

「いまのところは。もし熱が出たらすぐ道庵先生のところへと言っておきました」

風斎が答えた。

「早く収まるといいですね」

おかみが茶を出す。

「また寺子屋で教え子たちの顔を見たいですね」

風斎はそう言って、ゆっくりと湯呑みを口元に運んだ。

「今日は包みをお持ちじゃないですね」

おせいが気づいて言った。

「はやり病の書物が何かないかと思って探してみたけれども、赤いものを飾るなどの魔除《まよ》けの記述ばかりで」

風斎は苦笑いを浮かべた。

「やっぱりそうですかい」

「それなら買ってもしょうがねえや」

「もうくどいほど飾ってあるしよう」

左官の一人が額に手をやった。

「それだと、呑みすぎてても分からねえな」

卯之吉が言った。

「初めから赤くなっているから」

甲次郎が笑みを浮かべた。

「ゆくゆくは、書物を読めば治す手立てが分かったりするようになるでしょう。そうすれば、この世から疱瘡がなくなることもあるでしょう」

学者が望みをこめて言った。

「早くそうなればいいですね」

おせいが心から言った。

「それまでは、道庵先生などのお医者さまの働きで、一人でも多くの命が救われればと」

風斎が言った。

ここであるじが握り茶漬けを出した。

教え子を亡くした学者は、少し間を置いてから箸を取った。

茶漬けを食し、ほっと一つ息をつく。

「今日の茶漬けは、ことのほか心にしみますね」

風斎はそう言って瞬きをした。

「亡くなった人の分まで食ってるようなものですから」

善太郎がしみじみとした口調で言った。

「……そのとおりです」

少し考えてから、風斎は答えた。

第六章　頼りの医者

一

道庵は額に手をやった。

疱瘡の患者は次から次へと運ばれてくる。寝る間もないくらいの忙しさだ。

診療所は本所一の広さだが、それでも入るところが乏しくなった。

感染を避けるために、疱瘡の患者は隔離するのがいちばんだ。診療所には区切り部屋を設け、本復するまでそこで我慢させる。

身内の見舞いも遠慮してもらう。さぞや心配だろうが、感染の糸を断ち切るためにはまず隔離だ。

区切り部屋には赤絵を飾る。大人の部屋には鍾馗《しょうき》、わらべの部屋は金太郎の絵だ。患者が代わるたびに赤絵も替える。

入りきれなくなってしまった場合には、道庵が往診に赴き、患者を隔離してなるたけ接触を減らすように指導する。診療所だけのつとめではないから、寝る間もあまりないくらいだ。

区切り部屋に空きが出ることもある。むろん一命をとりとめる者もいるが、悲しいことに、助からずにむくろとなって出ていく者も後を絶たなかった。

「先生、助けてやってくだせえ」

やにわに切迫した声が響いた。

「しっかりしな、寅《とら》」

「もう大丈夫だ」

「道庵先生は名医だからよ」

ぐったりしている若者の両脇をかかえて運んできたのは、万組の大工衆だった。

寿助の姿もある。どの顔にも憂色が濃かった。

「そこに寝かせて。それから、手と顔をしっかり洗って」

道庵が言った。

おのれにも疱瘡がうつらないように、手と顔を洗うのが習いだ。

「よし、ここに寝な」

「大丈夫だからよ」

そろいの半纏の大工たちが言う。

しかし……。

運ばれてきた若い大工の寅吉《とらきち》は熱で真っ赤な顔をしていた。そればかりではない。額からほおにかけて、白っぽい肌色の恐ろしい斑点がくっきりと浮かびあがっていた。疱瘡だ。

「あとはわたしがやる。診療所から出てください」

道庵が厳しい口調で言った。

「心配だがよう」

「おれらまでうつったら困るからな」

大工衆が言う。

「何かあったらおいらに」

寿助が手を挙げた。

寅吉は日頃からかわいがっていた弟弟子だ。歳は十三、まだわらべに毛が生えたような下っ端だが、明るくてみなにかわいがられている。

「こちらから知らせますから」

助手の晴乃が言った。

「承知しました。どうかよしなに」

寿助は深々と頭を下げた。

二

瀕死に近い者がいれば、峠を越えた者もいる。それぞれに治療の仕方は異なってくる。急な往診の頼みも入る。すでに入っている患者との兼ね合いで待たせることもあるが、診療所の設《しつら》えにはかぎりがあるから、道庵はできるかぎり往診にも赴くことにしていた。おかげで目が回るような忙しさだ。

「ありがたく存じました、先生」

女が深々と礼をした。

女手一つで育ててきたせがれをつれて、これから長屋へ戻るところだ。

「ああ、良かったね。しばらくは養生を」

あばたがくっきりと残っているわらべに向かって、道庵が言った。

「お礼をお言い、留蔵《とめぞう》」

母がうながした。

「ありがたく存じました」

留蔵は元気よく言った。

「いい声だね。気をつけて」

疲れも吹き飛ぶ思いで、道庵は笑みを浮かべて言った。

しかし、医者の顔に笑みが浮かんだのは束の間だった。

錺職《かざりしょく》の仁助《にすけ》が息せき切って飛びこんできたのだ。

「また熱が出やがった。先生が言ったとおりで」

患者は跡取り息子の巳之助《みのすけ》だ。

「息はどうです？」

道庵の顔が引き締まった。

「ぜいぜい言ってまさ。見てられねえくらいになってきて」

仁助は案じ顔で伝えた。

「分かった。往診に行こう」

道庵はすぐさま支度を整えはじめた。

「頼みます」

仁助が両手を合わせた。

「ほかの患者さんには煎じ薬を」

道庵は晴乃に言った。

「分かりました」

晴乃がすぐさま答える。

照道は往診用の手提げ箱の中身を検分していた。

「わたしはどちらへ」

父に向かって問う。

「往診は一人でいい。残って手伝ってくれ」

道庵は指示した。

「了解しました」

跡取り息子が歯切れよく答えた。

ほどなく支度が整った。道庵は急いで診療所を出た。

三

疱瘡の進行は、おおよそ次のとおりだ。

飛沫や接触などによって感染し、潜伏期間を経て発症する。

初期には高い熱が出る。頭や腰も痛むが、疱瘡の峠はこれからだ。

高熱が出て三日か四日経つと、いったん熱は下がる。しかし、本復に向かったわけではない。肌色もしくは白っぽいぶつぶつができはじめ、徐々に全身へ広がっていく。

そして、再び熱が出る。発疹が膿《うみ》を持つことによって引き起こされる熱だが、恐ろしいのは身の内側の膿だ。

これによって肺の腑がやられたら、もういけない。息が荒くなり、往々にして落命に至る。

この峠さえ乗り切れば、膿疱《のうほう》の痕があばたとなって残ることもあるが、おおよそ半月あまりで本復に至る。

そういった戦いをしている患者たちが江戸のほうぼうにいた。

道庵が往診に赴いてみると、錺職の仁助の息子は荒い息をしていた。

真っ赤な顔のそこかしこに不気味な膿疱が浮かんでいる。

「しっかりしろ、巳之助」

父が必死に声をかけた。

「道庵先生が来てくださったよ。もう大丈夫だ」

母も半ば涙声で言う。

「まずは診察を」

赤い襷《たすき》を掛け渡した医者が言った。

「お願いしまさ」

「先生だけが頼りで」

親の悲痛な声が響いた。

さりながら、打てる手はかぎられていた。

額に絞った手拭いを載せ、心の臓の音を聴く。

それから、刻んだ薬草を塗った布を胸に当てた。

「これで身の内の熱が下がってくれれば」

道庵はそう言って両手を合わせた。

「気張れ、巳之助」

仁助が思いのこもった声をかけた。

荒い息を吐きながらも、患者は小さくうなずいた。

「病は気からです。生きよう、こんなことで死ねぬという強い思いが生死の境を分けます。気張ってください」

道庵はそう言って励ました。

打てる手はもうない。

医者としては、励ますことしかできなかった。

四

「往診ですか、先生」

善太郎が声をかけた。

「ええ。あきんどなら引きも切らない繁盛ぶりですが」

医者は苦笑いを浮かべた。

往診をしているうちに、あたりはすっかり暗くなった。手には提灯を提げている。

「道庵先生だけが頼りだと、みな言ってますので」

なみだ通りの屋台の元締めが言った。

「それはひしひしと感じております」

道庵の表情が引き締まった。

「とにかく、気張ってくださいまし」

善太郎が頭を下げた。

「分かりました。では、患者さんが待っていますので」

医者は先を急いだ。

道庵を見送った善太郎は、甲次郎の天麩羅の屋台に向かった。

先客がいた。

線香の千次だ。

「おいらの長屋でもわらべが続けざまに死んじまって」

下っ引きの顔が曇った。

「それはいけないね。つい今し方、道庵先生に会ったから、『気張ってくださいまし』と言っておいたんだが」

善太郎が言った。

「一人の医者で気張れることはかぎりがあるので」

甘藷を揚げながら、甲次郎が言う。

「疱瘡は見えねえあらしみてえなもんだから」

千次はそう言って、はんぺんの串を口に運んだ。

「そのあらしに一人で立ち向かってるんだから、道庵先生には頭が下がるよ」

と、善太郎。

「気張りすぎて、おのれの具合が悪くならないか心配で」

甲次郎が言った。

「そりゃみんな言ってるぜ。人死にが出るのは医者のせいじゃねえしよ」

線香の千次が言った。

「疱瘡のせいだから」

善太郎は苦々しげに言った。

「とにかく、早くあらしが収まってくれねえと」

千次はそう言うと、残りのはんぺんを胃の腑に落とした。

「まったくで」

甲次郎がしゃっと甘藷の天麩羅の油を切る。

「揚げたてをくれるかい」

善太郎が竹馬の友に言った。

「高いよ」

甲次郎が答えた。

ただし、顔には笑みが浮かんでいる。

ほどなく、善太郎は大根おろしを添えた甘藷の串を口中に投じた。

さくっと嚙む。

揚げたてはことにうまく、少し遅れて甘藷の甘みが伝わってきた。

しかし、疱瘡の患者や、すでに命を落としてしまった者はこの味を味わうことができないのかと思うと、何とも言えない気がした。

五

診療所に戻っても、医者のつとめは夜遅くまで続いた。

ほうぼうの区切り部屋から患者のうめき声が聞こえてくる。このところ、連日こんな調子だ。

「少し休まないと身が持ちませんよ、おまえさま」

晴乃が気づかった。

しかし、助手をつとめている妻の顔にも疲労の色が濃かった。

「おまえこそ、今夜は早めに休め。照道も休め」

妻と跡取り息子に向かって、道庵は言った。

「はい……では、洗浄が終わりましたら」

晴乃は鍋のほうを指さした。

診療所には疱瘡の患者が入れ替わり立ち替わりやってくる。換気と消毒を忘れてはならない。

「わたしも少しだけ休ませていただきます、先生」

照道が言った。

修業中の跡取り息子は父を「先生」と呼ぶ。

「休むときはしっかり休んで疲れを取れ」

道庵は言った。

「はい、そうします」

照道は神妙な面持ちで答えた。

晴乃と照道が休んだあとも、道庵は起きていた。

診療がひとわたり終わっても、まだ書き物が残っている。患者の名と病状、施した治療内容についてくわしく記述しておかねばならない。

墨を磨《す》っているとき、頭痛がした。嫌な痛みだ。

疲れているのはたしかだ。連日、往診も含めて多くの疱瘡患者を診ている。疲れないはずがない。

恐れもある。おのれはまだ疱瘡に罹っていない。言わば、お役をつとめていないのだ。大人になって罹り、落命に至った例もたくさん見てきた。

書き物の途中で茶をいれた。いつもより苦く感じられた。

ひとわたり書き物を終え、今夜は早めに休もうかと思ったとき、区切り部屋のほうからうめき声が聞こえてきた。

悲鳴に近い、ただならぬ声だ。

これは、いかん。

長年の経験で分かった。患者の病状が急変したのだ。

急いで区切り部屋に向かうと、若い大工があお向けになったままかっと両目を見開いていた。

「しっかりしろ」

道庵は声を発した。

胸に両手を当て、心の臓を押す。

「まだ若い。寿命がある。しっかりしろ」

道庵は必死に声をかけた。

だが……。

脂汗を流しながら心の臓を押しつづけたが、患者が息を吹き返すことはなかった。

万組の大工の寅吉は疱瘡で命を落とした。

まだ十三の若さだった。

六

「かわいそうによう」

棺《ひつぎ》に横たわった大工の顔を見て、万組の棟梁の万作が涙を流した。

「偉かったな、寅」

兄弟子の寿助が、のどの奥から絞り出すように言った。

知らせを受けた寿助が棟梁に知らせた。なにぶん疱瘡の患者だ。むくろはなるたけ小人数で運び出さねばならない。

「患者さんのお身内には、そちらからお願いいたします」

道庵が頭を下げた。

「承知しました」

寿助が答えた。

「つれえ役目だが、仕方ねえや」

万作が言った。

「棺が運ばれてきて、親御さんがさぞや悲しむかと思うと」

寿助が目元に手をやる。

「とにかく、ここには置いとけねえ。気を入れ直して運ぶぜ」

棟梁がうながした。

「へい」

寿助がおのれに気を入れ直した。

「助けてやれず、済まないことだ」

道庵が両手を合わせた。

「先生にはできるだけのことをしていただいたんで」

万作が言う。

「悪いのは疱瘡で」

寿助が和した。

道庵は黙ってうなずいた。

「なら、運び出しまさ」

何かを思い切るように、棟梁が言った。

「ああ、頼みます」

道庵は答えた。

「えっ、ほっ……」

「えっ、ほっ……」

駕籠屋のように調子を合わせて、棺が運ばれていく。

そのうしろ姿を、診療所の三人が見送った。

みな両手を合わせていた。

七

その日も終日忙しかった。

患者の死を長々と引きずっていてはいけない。ほかの患者の命を一人でも多く救おうと道庵は懸命に働いた。

薬草の備えが乏しくなってきたから薬種問屋を廻って調達し、診療所の患者たちに薬を煎じてから往診に出かけた。

なみだ通りで、人情家主の善太郎とせがれの小太郎に出会った。これから仕入れに行くらしい。

「寿助の弟弟子が亡くなったそうですが」

善太郎が言った。

「ええ。力及ばず」

道庵はいくらか目を伏せて答えた。

「ちょっと顔色が悪いですよ、先生」

小太郎が案じ顔で言った。

「ご無理をなさらないように」

善太郎も気づかって言った。

「そうします。では」

道庵は先を急いだ。

往診のついでに、錺職の仁助の長屋を訪ねた。

「あっ、道庵先生」

腫れぼったい目をした仁助が気づいた。

「いかがですか、具合は」

疱瘡で熱を発した息子の巳之助の容態を気づかう。

「ゆうべよりちょっと楽になったみたいで」

仁助の女房が伝えた。

「さようですか。拝見します」

道庵は上がって患者の容態をたしかめた。

巳之助の膿疱はだいぶ乾いていた。まだ熱はあるが、これなら大丈夫そうだ。

心の臓の音を聴き、舌を診る。

「いいでしょう」

道庵は言った。

「助かりますかい」

仁助が身を乗り出して問うた。

「峠は越えたでしょう」

その言葉を聞いて、母がほっと息をついた。

「ありがてえ」

仁助が両手を合わせた。

「煎じ薬はまだありますね？」

母に問う。

「はい、あります」

すぐ答えが返ってきた。

「薬をのんでいれば、明日かあさってには熱が下がるでしょう」

眠っている巳之助の顔を見て、道庵は言った。

「目はどうですかい。無事でいられますかい」

仁助が問うた。

たとえ疱瘡で命が助かっても、失明してしまう患者は多かった。それほどまでに恐ろしい病だ。

「……これなら大丈夫でしょう」

巳之助の膿疱の出来具合を診てから、道庵は答えた。

「そりゃありがてえ。錺職は目が命なんで」

仁吉はおのれの目を指さした。

「このまま養生すれば本復します。よく気張って峠を越えましたね」

道庵は久々に笑みを浮かべた。

「ありがたく存じます。助かりました」

母が深々と一礼した。

「命の恩人で……ありがてえ」

仁助はまた両手を合わせた。

長屋を出ると、道庵は診療所へ急いだ。

もう日は高かった。

日の光を浴びながら速足で歩いているうち、道庵はふと立ち止まった。

異変を感じたのだ。

額に手をやる。

明らかに熱があった。

ふっ、と一つ息を吐き、医者は通りを見た。

見慣れたなみだ通りのたたずまいが、そこはかとなく違って見えた。

第七章　最後の峠

一

道庵が高熱を発して倒れたのは、その晩のことだった。

これまでも熱を出したことはあるが、このたびは尋常ではなかった。道庵は覚悟した。ついにお役が回ってきたのだ。

「罹ってしまったらしい」

無念の表情で、道庵は晴乃に告げた。

「疱瘡にですか」

妻は驚いたように問うた。

「そうだ。ただの熱ではない。わたしは医者だから分かる」

道庵は言った。

「さようですか……」

晴乃は沈痛な面持ちになった。

「おまえと照道はお役をつとめている。わたしだけがまだ罹っていなかった。いちばん大変なときに罹ってしまったのは無念だが」

道庵はそう言って額に手をやった。

「とにかく養生を」

晴乃は気を換えるように言った。

「ゆっくり休んでください」

照道も和す。

「そうするしかないな。区切り部屋に入ろう」

道庵はゆっくりと歩きだした。

「あとのことはお任せください。患者さんには煎じ薬をのんでいただきますから」

晴乃の表情が引き締まった。

「……頼む」

のどの奥から絞り出すように、道庵は答えた。

区切り部屋はちょうど一つ空いていた。若い大工の寅吉が入っていた部屋だ。

「絵を替えましょうか、先生」

跡取り息子が水を向けた。

鍾馗の赤絵が貼られている。患者が亡くなったあとは、験担ぎと消毒を兼ねて絵を替えることが多かった。

「いや……そのままでいい」

歩を進めながら、道庵は言った。

「でも、新しい絵のほうが」

晴乃があいまいな顔つきで言った。

「若くして亡くなった患者がじっと見ていた絵だ。思いがこもっている。捨てるのは忍びない」

道庵はそう言うと、おのれから進んで区切り部屋に入った。

鍾馗と目が合う。


頼みます。

疱瘡の毒を身の内から追い出してください。

わたしにはまだやることが残っているのです。

道庵のまなざしに力がこもった。

二

「えっ、道庵先生が疱瘡に？」

善太郎が声をあげた。

屋台の支度がだんだんに整い、見送りを始めたところで、十手持ちの松蔵親分が急ぎ足でやってきて悲報を告げたところだ。

「えれえことになりやがった。道庵先生は治るまで隠すつもりだったみてえだが、ほかの患者の身内からもれたようだ」

松蔵親分が告げた。

「なら、これからの患者は？」

幸福団子に続いて屋台を出そうとしていたおでんの庄兵衛が問うた。

「女房と跡取り息子が薬を煎じるらしい。往診とかはできねえがな」

十手持ちが答えた。

「それは困りましたねえ」

おそめの顔が曇った。

「深川でも橋向こうの薬研堀《やげんぼり》でも医者が疱瘡にやられて困ってると聞いた。こりゃあいよいよ神頼みしかなくなったな」

松蔵親分がそう言って軽く両手を合わせた。

「道庵先生の代わりはいないから」

善太郎の顔が曇る。

「なら、今日は両国橋の東詰のほうへ行って、ほかに医者がいないかどうか聞きこんできますよ」

庄兵衛が言った。

「ああ、それは助かるね」

と、善太郎。

「おれも聞き込みはするけどな。望みは薄いかもしれねえ」

十手持ちは腕組みをした。

「両国のお相撲さんを診ているお医者さんがいるでしょう」

おそめがふと思い出して言った。

「ああ。いるにはいるが、もうだいぶ歳でな、往診とかはとてもできそうにねえ」

松蔵親分は首を横に振った。

「とにかく、ここいらは道庵先生が頼りだったからな」

善太郎も腕組みをした。

「まあ、とにかく行ってきまさ」

庄兵衛が動いた。

「ああ、ご苦労さん」

善太郎が言う。

「おれも、もうひと廻り聞きこんでくらあ」

松蔵親分が先に腕組みを解いた。

三

道庵の代わりの医者は容易に見つからなかった。

なにぶん江戸じゅうで疱瘡が猛威を振るっている。多くの患者に接する医者や助手のなかには、道庵と同じように感染してしまう者もいた。

感染を免れた医者も、おのれの縄張りの患者だけで手一杯だった。とても遠くまで往診に行く余裕はない。

道庵が病に倒れたあと、妻の晴乃と息子の照道が懸命に診療所を守っていた。診療所の区切り部屋に入っている患者には煎じ薬を与え、絞った手拭いを額に載せて熱を下げることに腐心していた。

本所方も動いた。

大名家などの武家屋敷では遠慮所《えんりよじよ》を設け、疱瘡の患者を隔離して治癒を待つという方法を採っていた。それに倣い、空いている長屋を使って遠慮所を設けることになった。

善太郎のもとにも話が来たが、あいにくまるまる空いている長屋はなかった。

「ぽつぽつと空いている部屋はあるんですが、いまから家移りをしてすべて空けるわけにもいかないんですよ」

本所方の魚住与力に向かって、善太郎はすまなそうに言った。

「いや、それには及ばぬ。ここからはいくらか離れているが、建て替えを待っていた無住の長屋がある。ひとまずそこを遠慮所にしようと思う」

本所方の与力が案を示した。

「とりあえず雨露はしのげるので」

安永同心が言った。

「お世話のほうはどうするんです？」

おそめがたずねた。

「煎じ薬のほうは、道庵先生の跡取り息子が運んでくれるらしい。診療所もあるから大車輪の働きだが」

魚住与力が答えた。

「食べ物のほうはどうです。だれかが運んでいかなきゃなりませんが」

善太郎が訊いた。

「やぶ重からなら運べるし、丼物や雑炊などもつくれる。むろん、蕎麦でもいい。遠慮所へ出前を頼むことにした」

与力の表情が少しやわらいだ。

「浦風部屋の力士たちが運び役を買って出てくれたんで」

安永同心が告げた。

「それなら百人力ですね」

おそめが笑みを浮かべた。

「道庵先生が治るまで、みなで力を合わせて町を守っていくしかないから」

半ばはおのれに言い聞かせるように、人情家主が言った。

「そうだな。それしかない」

本所方の与力がうなずいた。

四

翌々日は雨になった。

なみだ通りの屋台衆と元締めの善太郎は、例によって相模屋に顔を出した。

今日は幸福団子の幸吉もいた。それればかりではない。疱瘡の遠慮所へやぶ重から食事を運んでいる浦風部屋の親方と、幸吉と仲のいい古参の取的《とりてき》の誉力の顔もあった。そのせいで土間がいささか狭く見える。

「ここの焼き握りを食えば、疱瘡も退散するでしょうよ」

庄兵衛がそう言って、味のしみた焼き握りを口に運んだ。

「それなら喜んでつくりまさ」

あるじの大吉が笑みを浮かべた。

「お代は本所方から出るんだからな。人助けにもなるし」

浦風親方がそう言って、湯呑みの酒を呑み干した。

「運び役は、お役が済んでる者がつとめてますからね」

誉力がおのれの顔を指さした。

そこにもいくらかあばたがあった。お役が済んでいる証だ。

「それなら罹る恐れがないから安心ですな」

善太郎が言った。

「狭い相撲部屋に疱瘡が入ったら大変だから、しょっちゅう手洗いをさせてます」

浦風親方が言った。

「ほんと、手がふやけちまうくらいで」

誉力が手をかざした。

「うわ、大きい」

つくばをひざに乗せてちょこんと座っているおこまが言った。

「比べてみようか」

相撲取りが手を近づけた。

「うん」

八つの娘が手を開く。

「倍くらいあるな」

甲次郎が笑みを浮かべた。

「手ならわっしのほうが大きいよ」

もと幸ノ花の幸吉が指を開いた。

「わあ、すごい」

おこまがまた声をあげた。

そんな調子で、相模屋に和気が漂った。

そこへ客が一人、急ぎ足で入ってきた。

寺子屋の師匠で学者の中園風斎だった。

五

「おこまちゃんは、もうお役が済んでるんだよね」

風斎が教え子にたずねた。

「うん、おととし済んでるよ」

おこまが答えた。

「幸い、軽く済んだもので」

おかみのおせいが言った。

「そりゃあ何よりだよ」

善太郎が言った。

「女の子があばた面になったらかわいそうだから」

風鈴蕎麦の卯之吉がうなずいた。

「今日は道庵先生のもとへ書物の差し入れに行ってきたんです」

風斎はそう言って、湯呑みの茶を啜った。

「それはご苦労さまで」

おせいがすぐさま言った。

「で、どうでした、道庵先生の様子は」

庄兵衛がたずねた。

「区切り部屋に入っているから顔は見られなかったんだが、晴乃さんの話によるとだいぶつらそうだということで」

風斎の眉間にしわが浮かぶ。

「いったん下がった熱がまた出る頃合いですか」

善太郎が問うた。

「まさにその通りです。ここからが正念場で」

寺子屋の師匠の顔が引き締まった。

「なんとか乗り切ってほしいですね」

相模屋のあるじが祈るように言った。

「そうそう。明日、遠慮所へ焼き握りと握り茶漬けを届けるから、道庵先生にも差し入れを。どうですかい、親方」

誉力が浦風親方に訊いた。

「ああ、いいぞ」

親方はすぐさま答えた。

「熱があるのなら、お茶漬けのほうが」

おせいが言った。

「なら、その分は温石《おんじやく》入りの倹飩箱《けんどんばこ》でおいらが運びましょう」

大吉が役を買って出た。

「気を入れておつくりしますので」

相模屋のおかみが言った。

「きっとそれで治るよ」

おこまが言う。

「治るといいね、おこまちゃん」

険しかった風斎の表情がやっとやわらいだ。

六

翌日――。

道庵の診療所に差し入れの握り茶漬けが運ばれた。

「ありがたく存じました」

受け取った晴乃が頭を下げた。

「ただの焼き握りも入ってますので、みなさんで召し上がってくださいまし」

相模屋のあるじが告げた。

「いただきます。ありがたく存じます」

照道が礼を述べた。

ただし、その顔には疲れの色が濃かった。道庵が疱瘡に罹ったあとは、寝る間もろくにないほどの働きだ。いかに若くとも疲れは出る。

「なら、道庵先生が早く本復するように祈ってまさ」

大吉はそう言うと、空の倹飩箱をつかんで去っていった。

「せっかく届けていただいたけれど、食べるのは無理そうね」

相模屋が帰ったあと、晴乃が浮かぬ顔で言った。

「煎じ薬だけでも、のむのが大変そうだったから」

照道の顔には憂色が濃かった。

「だったら、あなたがいただきなさい」

晴乃が言った。

「あまり食い気が」

照道は胃の腑を押さえた。

「食べないと倒れてしまいますよ」

母が案じる。

「なら、いただきます」

照道は答えた。

医者の跡取り息子は相模屋に行ったことがない。いざ食してみると、醬油のしみた焼き握りはことのほかうまかった。

「お茶漬けもあるけれど」

晴乃が水を向けた。

「それは先生の分なので」

照道は遠慮して言った。

「じゃあ、念のために食べられるかどうか訊いてみるね」

晴乃はそう言って道庵のもとへ赴いた。

だが……。

訊くまでもなかった。

区切り部屋であお向けになっている道庵の息づかいは荒かった。白湯《さゆ》を呑むことくらいしかできそうにない。茶漬けなど、とても食べられそうな様子ではなかった。

「どうですか？」

薄目を開けている道庵に向かって、晴乃は声をかけた。

その顔から首筋にかけて、白っぽいぶつぶつがびっしりとできている。そのせいで、人相までが一変してしまっていた。

道庵はかすかにうなずいた。

区切り部屋には、風斎が差し入れてくれた書物が置かれていた。思いを託した和歌を綴る帳面もある。しかし、いまは書物や帳面を開く力もなさそうだった。

「差し入れに焼き握り茶漬けをいただいたんですが、照道に食べてもらいますね」

胸が詰まる思いで、晴乃は道庵に言った。

「……ああ」

道庵の口から弱々しい声がもれた。

「では、何かあったら鈴を鳴らしてください」

晴乃は言った。

大きな声を出せない患者の枕元には、振れば音が出る鈴を置く。そうすれば、病状が急変したときにすぐ駆けつけることができる。

もともとは道庵の発案だ。その鈴が医者の枕元に置かれていた。

道庵はかすかにうなずいた。

何かを思い切るように、晴乃は区切り部屋から出ていった。

七

峠が訪れたのは、その晩遅くのことだった。

道庵には分かった。

ここが峠だ。

身の外側ばかりでなく、内側でも疱瘡が進んでいる。耐えがたい熱と痛みとかゆみだ。

道庵は手を伸ばした。

のどが渇いて仕方がなかった。かくなるうえは、やむをえない。鈴を振って晴乃か照道を呼ぼうと思った。

深夜だ。

耳に届くのは、ほかの区切り部屋で寝ている患者のいびきだけだった。

鈴に手が触れた。

しかし……。

それを手に取って振るだけの力も、道庵にはもう残っていなかった。

声も出ない。

かろうじて息だけがもれていた。

わずかに月あかりが差しこんでいる。道庵の視野の端に、おぼろげにあるものが浮かびあがった。

帳面だ。

そこに記した和歌がにわかによみがえってきた。


江戸の町はやり病で暗くともいつかは去らん陽はまた昇る

上手い歌ではないが、心をこめて詠んだ。

そう、陽はまた昇る。

いまはどんなに暗くとも、明けぬ夜はない。

必ず朝は来る。

救いの光が差しこんでくる。

だが……。

その光はまだ遠かった。

闇の中で、道庵は瞬きをした。

最後の峠の登りが険しくなった。

道庵は鈴を握った。

しゃら、と弱々しい音が響いた。

診療所の区切り部屋はそれきり静かになった。

月あかりが陰った。

あたりはもういちめんの闇だった。

淵上道庵が朝を迎えることはなかった。

多くの患者の命を救ってきた医者は疱瘡に斃《たお》れた。

志半ばの死だった。

第八章　望みの提灯

一

悲報は本所じゅうを駆け巡った。

なみだ通りの人情家主のもとへは、相模屋のあるじの大吉が知らせた。

昨日倹飩箱で届けた焼き握り茶漬けの碗を引き取りがてら、様子を見に行ったところ、道庵死すの悲報に接した。とにもかくにも家族に悔やみを述べ、軽い倹飩箱《けんどんばこ》を提げて戻ってきたところだ。

「まさか、道庵先生が……」

おそめが絶句した。

「おいらも信じられねえ思いで」

大吉が続けざまに瞬きをする。

「それは……お気の毒に」

善太郎が絞り出すように言った。

「ご家族はさぞお力落としに」

おそめが気づかう。

「そりゃあもう。奥さんも跡取りさんも目が真っ赤で」

沈痛な面持《おもも》ちで大吉が言った。

「無理もないな」

善太郎がうなずく。

そこへ、松蔵親分と子分の千次があわただしく飛びこんできた。

「おい、えれえことになったぜ」

十手持ちが息せき切って告げた。

「いま知らせたところで、親分さん」

大吉が言った。

「そうかい。いやあ、頼みの綱が切れちまった」

松蔵親分が顔をしかめた。

「あらしが収まるのを待つしかありませんな」

千次が言う。

「で、葬式のほうは？」

元締めの顔で、善太郎が問うた。

「疱瘡で亡くなったんだから、人を集めて葬式はできねえや。診療所から回向院まで、棺を運ぶ段取りはできてる」

十手持ちが答えた。

「だれが運ぶんです？」

おそめがたずねた。

「家族の手じゃ無理だから、浦風部屋の相撲取りの手を借りることに。いま本所方の旦那がつなぎに行ってら」

松蔵親分が答えた。

「いずれ位牌を拝みに行けるようにすると」

千次が言葉を添える。

「さようですか。本当に惜しい方を」

おそめが目元に指をやった。

「まったく、神も仏もないものかねえ」

善太郎も目をしばたたかせて空を見た。

悲しい出来事があったのに、秋の空は抜けるように青かった。

二

道庵の棺は、なみだ通りを粛々と運ばれていった。

棺を前でかついでいるのは、力士ではなく浦風親方だった。紋付き袴《はかま》に威儀を正した親方は、ぐっと唇をかみしめたまま歩を進めていた。

後ろは照道がかついだ。途中で疲れたら代わるべく、誉力が控えている。

「ありがたく存じました、先生」

「ゆっくり休んでくださいまし」

通りのほうぼうから声がかかった。

悲報はもう本所じゅうに広まっていた。粛々と運ばれていく道庵の棺を、人々が両手を合わせて見送る。

ここいらで道庵の世話になっていない者はない。熱を出したらまず道庵を頼るのが常だった。

その頼りの医者が疱瘡に罹って亡くなってしまった。こんなに悲しいことはない。

「世話になりました、先生」

風鈴蕎麦の卯之吉が頭を下げた。

「南無阿弥陀仏、南無阿弥陀仏」

天麩羅の甲次郎が念仏を唱える。

涙もろい幸福団子の幸吉はただ泣くばかりだった。庄兵衛も小太郎も涙だ。

「大丈夫かい、照道」

母の晴乃が気づかった。

「大丈夫です」

照道は気丈に答えた。

「疲れたらいつでも代わるから」

誉力が声をかけた。

「回向院まで、もう少しなので」

照道はしっかりとした口調で答えた。

結局、跡取り息子はそのまま最後まで父の棺を担いだ。

道庵のなきがらは、本所の名刹《めいさつ》回向院でねんごろに弔《とむら》われた。

三

「道庵先生には、もっともっと長生きしていただきたかったです」

沈痛な面持ちで言ったのは、中園風斎だった。

回向院で行われた葬儀の帰り、いくたりかが相模屋に立ち寄った。今日は故人をしのんでの酒だ。

「まあ、でも、晴乃さんも跡取りさんもしっかりしていたから」

善太郎がそう言って、猪口の酒を呑み干した。

「はっきりと『父の跡を継いで医者に』って言ってましたからね」

庄兵衛が言った。

今日は喪に服しておでんの屋台を休んでいる。幸福団子も休みだ。とても団子をつくる気がわかないらしい。

甲次郎と卯之吉は仕込みを始めた。泪寿司ものれんを出す。ただし、どこも早じまいにするという話だった。

「あれは頼もしかったね」

善太郎がうなずいた。

「きっといいお医者さんになるでしょう」

相模屋のあるじが言った。

「どこぞへ修業に行くのかしら」

おせいが問うた。

「晴乃さんによると、道庵先生と同門で、腕の立つお医者様がいるらしい。そこで修業をして、研鑽を積んでから正式に跡継ぎにという段取りみたいだ」

善太郎は答えた。

「その話はわたしも聞きました。お父様の志を継いで、さぞや立派な医者になってくれるでしょう」

風斎の声に力がこもった。

「憎いのは疱瘡ですな」

庄兵衛が言う。

「うちの教え子も一人亡くなってしまいましたから」

風斎がしんみりとした口調で言った。

ここで、万組の大工衆がつれだって入ってきた。

棟梁の万作も、大工の寿助もいる。

「こんなときにかぎって、涙雨は降らねえんだな」

棟梁がそう言って腰を下ろした。

「まったくで」

相模屋のあるじがうなずく。

「寅吉に続いて、道庵先生まで亡くなってしまうとは」

寿助が何とも言えない表情で言った。

「おいらの命を助けてくださった先生が……」

川開きの晩に倒れて九死に一生を得た梅蔵が涙声で言った。

その後の節制の甲斐あって、だいぶほっそりとしてきた。いまこうしていられるのは道庵のおかげだ。

「江戸には神も仏もいねえのかよ」

「道庵先生がいなくなっちまったら、だれを頼ればいいんで」

「もう近場にいい医者はいねえしよ」

ほかの大工衆が嘆く。

「跡取りさんが修業を終えるまでの辛抱ですよ。そのあいだは、晴乃さんが煎じ薬や診立てでつないでくれるだろうし」

風斎がなだめるように言った。

「修業中につなぎの医者に入ってもらえればいちばんですがね」

善太郎が言う。

「ああ、それがいいですね」

寿助が少し表情をやわらげた。

「本所方の旦那方も動いてくださるだろうし、そのうち見つかるよ」

万作がそう言って酒を呑み干した。

表のほうから、わらべたちのにぎやかな声が響いてくる。雨降りではないから、みな外で遊んでいる。おこまもまじっているようだ。

そのうち、多くの客が頼んだ焼き握り茶漬けができあがった。

「道庵先生に最後に届けたのがこれでしてね」

相模屋のあるじが告げる。

「結局、先生は食べられなかったんだね」

善太郎がしみじみと言った。

「なら、代わりに食おう」

「そう思うと、胸がつれえな」

大工衆が言った。

いくらか食したところで、風斎がいったん碗を置いた。

「道庵先生が食べられなかった茶漬けかと思うと、こみあげてくるものがありますね」

寺子屋の師匠はそう言って、いくたびも続けざまに瞬きをした。

四

翌日は涙雨が降った。

道庵の診療所への弔問が始まった。

疱瘡の患者とまじわらないように充分に意を用い、入ってすぐのところに仏壇と位牌が置かれた。

晴乃と照道は患者の世話に追われているから、いちいち応対してはいられない。そこで、来訪者が仏壇に手を合わせてすぐ去るというやり方になった。

善太郎と小太郎はつれだって診療所へ向かった。

通りで松蔵親分に会った。

「これから弔問で」

善太郎が言った。

「おれはいま済ませてきた。先生が遺した帳面とか飾ってあってよう」

十手持ちは沈んだ面持ちで伝えた。

「遺品ですね」

小太郎が言う。

「亡くなったときも、帳面は開いたままになってたそうだ……つれえな」

松蔵親分は目元に指をやった。

「さようですか。ま、とりあえず行ってきますので」

善太郎は右手を挙げた。

「おう、ご苦労さん」

十手持ちが声をかけた。

診療所が近づいたところで、錺職の仁助とせがれの巳之助に出会った。

「いま手を合わせてきたところで」

仁助が言った。

「もう加減はいいのかい」

善太郎は巳之助に問うた。

まだあばたの痕が生々しい巳之助がうなずいた。

「せがれの命を助けてもらって、ほんとに、道庵先生は命の恩人で……」

仁助の声がかすれた。

「惜しい方をなくしました」

小太郎が神妙な面持ちで言った。

「助けてもらった命だ。気張って生きなきゃな」

仁助はせがれに言った。

「うん」

疱瘡の峠を乗り越えたわらべがうなずいた。

ややあって、診療所に着いた。

中に入ると、先客がいた。

やぶ重のあるじの重蔵とその家族だった。

「ああ、これは元締めさん」

重蔵が言った。

「このたびは大変なことになってしまって」

善太郎が言う。

「うちでも道庵先生の話で持ち切りですよ。先生のおかげで助かった患者はここいらにたんとおりますから」

蕎麦屋のあるじが言った。

「いずれ疱瘡が落ち着いたら、道庵先生をしのぶ会でもやりたいですね」

善太郎が案を出した。

「ああ、それはいいですね」

重蔵は乗り気で言った。

「その節はぜひ」

やぶ重のおかみも笑みを浮かべた。

五

般若心経……

善太郎のお経が終わった。

ところどころ怪しかったが、大きく飛ばすことなく般若心経を唱え終えると、善太郎は仏壇の脇に置かれていた帳面を見た。

「道庵先生の字だね」

小太郎がのぞきこんで言う。

「そうだ。和歌が何首か詠まれている。長いものを書くだけの身の力はもうなかったんだろう」

善太郎が痛ましそうに言った。

「このあとは空いたままになってる」

小太郎が指さした。

「そうすると、この和歌が絶筆か」

何とも言えない表情で、善太郎が言った。

力強い筆跡ではないが、それはこう読み取ることができた。

この道に悔いなしあまたの患者を救ふべく我は医の道を志せり

決して上手《じょうず》な歌ではないが、思いはたしかに伝わってきた。

「最後の最後まで、道庵先生は医者としての道をしっかり歩みつづけたんだ。そして、志半ばにして亡くなってしまわれた」

善太郎の声が少しかすれた。

「苦しみのさなかに、この歌を詠まれたんだな」

小太郎がそう言って瞬きをした。

善太郎は帳面をめくった。

「この歌もいいぞ」

目にとまった歌を、善太郎は指さした。


江戸の町はやり病で暗くともいつかは去らん陽はまた昇る

「陽はまた昇る……」

小太郎が読みあげる。

「『はやり病』をほかの災いに置き換えることもできるな」

善太郎が言った。

「『大きな火事』とか『ひどいあらし』とか」

小太郎が思いつきで答えた。

「そうだな。町だけじゃない、人だって、暗いことがあっても必ず夜は明ける」

善太郎はそう言って、もう一度道庵の歌を見た。

そのとき、ふとある思いつきが浮かんだ。

なみだ通りの人情家主の頭の中で、それはほどなく動かしがたく定まった。

六

「ああ、それはいいかもしれませんね」

善太郎から話を聞いてそう答えたのは、おちかだった。

亭主の寿助は普請場に出ている。これから実家の上州屋へ手伝いに行くところだ。

初めての子を流してしまって一時は悲嘆にくれていたが、もともと明るさと元気が取り柄だ。体のほうも大丈夫らしい。いまはすっかり顔色が良くなった。

「なら、できているものでいいから、これを書いてくれるかな」

善太郎はそう言って一枚の紙を渡した。

「承知しました」

おちかが受け取る。

そこには、道庵の遺した歌が記されていた。

江戸の町はやり病で暗くともいつかは去らん陽はまた昇る
淵上道庵

その歌を提灯に書き、道庵の供養とする。それが善太郎の思いつきだった。

「素《す》の赤提灯もいろいろあるはずですから、書いてもらってきます」

おちかがそう請け合った。

「頼むよ。赤提灯は疱瘡除けにもなるしね」

善太郎は笑みを浮かべた。

「なら、さっそく行ってきます」

おちかは乗り気で言った。

「ああ、お願いします」

屋台の元締めが見送った。

末娘のおちかから話を聞いた上州屋のあるじの三五郎は意気に感じ、さっそく赤提灯を用意した。あるじ自ら筆を執《と》り、道庵の歌をしたためる。

「ちょっとでも供養になればな」

提灯屋のあるじはそう言って目をしばたたかせた。

「灯が入るといい感じかも」

おちかが言った。

「で、これはどこに下げるんだ？」

三五郎が訊いた。

「そこまでは聞いてなかった」

おちかが答えた。

「まあいいや。いくらでもつくれるからご注文をと元締めさんに言っといてくれ」

提灯屋のあるじが言った。

「うん、分かった」

おちかの声が弾んだ。

七

真新しい提灯が出されたのは相模屋だった。

提灯のことを訊かれるたびに、あるじとおかみがいわれを伝える。それを聞いて、表に出て改めて道庵の歌を読む客も多かった。

そのなかに、三遊亭圓生と弟子の三升亭小勝の姿もあった。今日は両国橋の東詰の寄席に出た帰りだ。

「なみだ通りに陽が昇りましたな」

圓生がそう言って、元締めの善太郎に酒をついだ。

「道庵先生の歌を記した提灯は、今後も増やすつもりです」

善太郎が言った。

「せめてもの供養になりますね」

小勝がいつもと違う顔つきで言う。

「さすがに疱瘡のはやりは峠を越したみたいですが」

中園風斎がそう言って、味のしみたじゃがたら芋を口中に投じた。

「たしかに、減ってきているみたいですね」

おかみのおせいが言う。

「もう終わり？」

座敷の隅に座ったおこまが問うた。

「そんな、芝居や狂言が終わるみたいに言うんじゃないよ」

大吉がたしなめた。

「終わりだといいね」

風斎が温顔で言った。

「また寺子屋へ行かなきゃいけないから」

善太郎も笑みを浮かべた。

「うん」

猫のつくばを抱いた娘がこくりとうなずいた。

「で、提灯を増やす段取りは？」

大吉が問うた。

「上州屋にできている赤提灯がいくつもあるから、あとは歌を書くだけで」

善太郎が答えた。

「師匠、出番ですよ」

小勝がやにわに手を打ち合わせた。

「それはいいですね」

風斎がすぐさま言った。

「わたしの字でいいのなら、喜んで書かせていただきますよ」

珍しく神妙な面持ちで、圓生が言った。

「気を入れて書いてくださいよ、師匠」

弟子が言う。

「そりゃあもう。道庵先生の供養と、疱瘡封じを兼ねてるんだからね」

圓生の声に力がこもった。

八

二日後の晩――。

なみだ通りが以前よりほんの少し明るくなった。

赤提灯が一つ増えたからだ。

圓生が道庵の歌をしたためた赤提灯が、新たに加わった。運ぶのがいくらか難儀になったが、亡き医者の供養だ。文句を言う者はいなかった。

善太郎がいつものように屋台の見廻りに出ると、天麩羅の甲次郎の屋台にいくたりもの客がいた。十手持ちの松蔵親分と子分の千次、それに、近くに住むつまみかんざしづくりの親方の辰次《たつじ》と若い弟子だった。

「提灯が増えたら、客も増えたよ」

甲次郎が小ぶりの提灯を指さした。

「そうかい。そりゃ良かった」

善太郎は笑みを浮かべた。

「味のある字だな、師匠のは」

十手持ちが提灯を指さした。

「ほんとに陽がまた昇りそうで」

子分が言う。

「えらくちっちゃい陽だがよ」

松蔵親分がそう言って、たっぷり大根おろしを添えたかき揚げをほおばった。

「ちっちゃい陽でも集まれば明るくなりますよ」

辰次が言った。

「たしかに、昨日よりほんのりと明るくていい感じですね」

善太郎が言った。

「お弟子さん、疱瘡は平気だったかい」

海老の串を食べている弟子に向かって、松蔵親分がたずねた。

「田舎にいたころに罹ったんで」

まだおぼこい顔立ちの弟子が答えた。

「なら、道庵先生の世話にはならなかったんだね」

善太郎が言った。

「いや、熱を出したり、腹痛《はらいた》を起こしたりするたびに診てもらってましたよ。親から預かった弟子にもしものことがあったら立つ瀬がねえんで」

つまみかんざしづくりの親方が代わりに言った。

「本所の親代わりみてえなもんだったからな、道庵先生は」

松蔵親分がしみじみとした口調で言った。

そこへ、提灯がわずかに揺れながら近づいてきた。

「おや、跡取りさん」

善太郎が声をかけた。

闇の中から姿を現したのは、道庵の息子の照道だった。

「往診の帰りかい？」

松蔵親分が問う。

「はい。煎じ薬を届けに」

総髪をうしろになでつけた医者の卵が答えた。

「疱瘡の患者で？」

今度は千次がたずねた。

「はい。もう峠は越えました」

照道はほっとしたように答えた。

「患者はひと頃より減ったようだね」

善太郎が言う。

「ええ。父が亡くなった頃よりは減りました」

いくらかあいまいな顔つきで照道が答えた。

「峠を越えるまであとちょっとだ」

松蔵親分が笑みを浮かべた。

「おとっつぁんがついてるからよ」

千次も和す。

「往診のとき、そんな感じがすることがあります。一人なのに、父が一緒にいてくれるような気が」

照道はそう言って瞬きをした。

「来てくれてるんだよ」

善太郎が情のこもった声で言った。

「もうすぐ甘藷が揚がるから、食べていっておくれ」

甲次郎が言った。

「ふるまいだそうだ」

善太郎が言う。

「さようですか……では、頂戴します」

しっかりした口調で、照道が答えた。

「そのうち修業に出るそうだな」

十手持ちが言った。

「はい。母が父と同門の先生に文《ふみ》を書いていました。本決まりになれば、師走《しわす》から修業をさせていただくつもりです」

医者の卵が言った。

「煎じ薬を届ける役くらいだったら、おいらにもできるからよ」

下っ引きが手を挙げた。

「うちも小太郎にやらせよう」

と、善太郎。

「修業中はみなが診療所を守り立てるからよ。気張って学んで、道庵先生みたいな医者になってくんな」

松蔵親分が言った。

「はいっ」

照道がいい声で答えた。

「あと何年かしたら、頼りになる若先生になるさ」

善太郎が太鼓判を捺《お》した。

「そのあいだ、同門の先生のお弟子さんに助っ人に来ていただく段取りも母が整えているところなんです」

照道が明かした。

「そりゃ朗報だね」

なみだ通りの屋台の元締めが顔をほころばせた。

「それなら、ここいらの連中も安心だ」

十手持ちもほっとしたように言う。

「枕を高くして寝られますな」

つまみかんざしの親方が身ぶりをまじえた。

ここで天麩羅が揚がった。

「はい、お待ちで」

甲次郎が甘藷の串を差し出した。

「土の下で育った芋には力があるからよ」

松蔵親分が言った。

「いただきます」

医者の卵が甘藷の串を手に取った。

揚げたてをさくっと嚙む。

「あっ、甘い」

照道は声をあげた。

「疱瘡に堪えてきたいまの江戸と一緒で、土の中で我慢してきた芋だから」

善太郎が笑みを浮かべた。

「身の養いになりそうです」

照道がそう言って、また甘藷を嚙んだ。

「うまいものをいっぱい食って、いい医者になってくんな」

十手持ちが言った。

「道庵先生が見守ってるから」

善太郎は夜空を指さした。

今夜の月の色は、どこかあたたかかった。

第九章　送り迎えの宴

一

江戸に木枯らしが吹くころ、疱瘡はようやく収まってきた。

「だいぶ減ったみたいだよ」

煎じ薬を届けるつとめを終えて戻ってきた小太郎が告げた。

長屋で一服したら、泪寿司の仕込みだ。身を持ち崩しかけていたひと頃に比べたら、見違えるほどの働き者になった。

「そうかい。そりゃ良かったね」

おそめが笑みを浮かべた。

「道庵先生も浮かばれるだろうよ」

善太郎が感慨深げに言った。

そこへ、線香の千次が入ってきた。

「おう、こっちも終わったぜ」

小太郎に向かって言う。

「ご苦労さまです」

泪寿司のあるじが労をねぎらった。

「お疲れさまで」

おそめも和す。

「名前が千次だから、煎じ薬を届けるのはお手の物で」

下っ引きがそんな軽口を飛ばしたから、長屋に笑いがわいた。

「そうそう、助っ人の医者があいさつに来てましたよ」

千次が告げた。

「ほう、どんな人で？」

善太郎が問う。

「名は膳場《ぜんば》大助《だいすけ》、大きく助けるっていう字で」

千次が答えた。

「本所を大きく助けてもらいたいものですね」

小太郎が言った。

「そのとおりで。今度、跡取りさんが修業に入る先生のところで十年ほど修業したらしいから、きっと腕はたしかで」

千次は細い二の腕をたたいだ。

「まだ若い先生ですか?」

おそめがたずねた。

「三十路《みそじ》に入ったくらいで、これから脂が乗るところ」

千次は魚みたいに言った。

「なら、照道さんが修業して戻ったら、その先生は独り立ちするっていう段取りか」

善太郎が腕組みをしてうなずいた。

「生まれは向島《むこうじま》のほうだから、たぶんそこでのれんを出すことに」

と、千次。

「医者はのれんを出さないでしょう」

小太郎がすかさず言った。

「ああ、そうか」

線香の千次が髷に手をやったから、場にまた笑いがわいた。

二

早いもので、淵上道庵の四十九日が来た。

法要は回向院で行われた。亡き医者にゆかりの人々が参列し、法要はしめやかに滞りなく行われた。

善太郎もなみだ通りの代表として参列した。晴乃も照道も気丈なふるまいぶりで、診療所に入ることになる膳場大助という医者も頼りになりそうだった。善太郎はまずもって胸をなでおろした。

法要には三遊亭圓生と弟子の三升亭小勝も列席していた。終わったあと、噺家から誘いを受けた善太郎は相模屋で呑むことになった。

ほかに、寺子屋の師匠の中園風斎と、本所方の魚住与力と安永同心も加わり、煮売り屋の座敷に陣取った。

「さすがに法要だと師匠の出番はありませんでしたな」

善太郎がそう言って圓生に酒をついだ。

「笑いをとる場じゃありませんからね」

噺家は軽く手刀を切ると、猪口の酒を大仰な顔芸をまじえて呑み干した。

「普通に呑めばいいのに」

弟子がややあきれたように言った。

「長年の習いになってるんでね」

圓生が言い返した。

「まあ何にせよ、道庵先生はお気の毒だったが、代わりの医者と、跡取りさんの修業先が見つかったからひと安心だ」

魚住与力が言った。

「修業先は遠くですか」

鰤《ぶり》の煮つけを運んできたおかみのおせいが問うた。

寒鰤にはいくらか間があるが、そろそろ脂が乗ってきてうまくなる頃合いだ。相模屋の煮魚は煮汁がたっぷりで、なかには飯を所望する客もいる。

「いや、芝神明《しばしんめい》だからそう遠くはない」

魚住与力が答える。

「あ、江戸のうちですか」

おせいは意外そうな顔つきになった。

「長崎かどこかだと思ったかい」

安永同心が白い歯を見せた。

「ええ、てっきり」

と、おせい。

「長崎は遠いの？」

おこまがだしぬけに問うた。

ちょうど風斎が来ていることもあって、座敷の隅で手習いの稽古をしているところだ。

「そりゃ遠いよ。異人さんが来るところだから」

圓生が顔の前に手をやって妙なしぐさをした。

「そいつは天狗ですよ、師匠」

すかさず小勝が言う。

「まあ似たようなもんさ」

圓生はさらりと受け流した。

「芝だったら、ときどき里帰りできるからいいですね」

善太郎が言った。

「評判のいいお医者さんですかい」

ほかの客にも鰤の煮つけを出しながら、あるじの大吉がたずねた。

「名は吉高想仙《よしたかそうせん》、漢方も蘭方もくわしい名医で、弟子を育てることにも長《た》けているのだそうだ」

魚住与力が答えた。

「そりゃ願ったり叶ったりで」

小勝が言った。

「噺家なら、わたしみたいなもんですな」

圓生がしゃあしゃあと言ってのけたから、相模屋にまた和気が漂った。

「うん、よくできたね」

座敷の隅で、風斎が笑みを浮かべた。

「書けたかい？」

善太郎がおこまに声をかけた。

「うん」

おこまは手習いの紙を自慢げにかざした。

千客万来

そう記されている。

字がほうぼうでゆがんでいるのはご愛敬だ。

「まあまあだな」

大吉が言った。

「これで相模屋も繁盛間違いなし」

圓生が破顔一笑した。

その言葉を聞いて、おこまも花のような笑顔になった。

三

「なるほど、顔つなぎの寄合か」

小太郎から話を聞いた善太郎がうなずいた。

「そう。もう師走の頭から跡取りさんが修業に出て、診療所の先生が新しくなるから、顔つなぎを兼ねてどうかと」

煎じ薬を届ける役を買って出ている小太郎が告げた。

「なら、照道さんの門出を祝う宴でもあるわね」

おそめが言う。

「そうそう。送りと迎えの両方の宴になる」

小太郎が言った。

「親方の肝《きも》煎《い》りなら、やぶ重を借り切ってやればいいだろう」

善太郎が乗り気で言った。

「診療所でもそんな話をしてたところで」

小太郎が答えた。

ちょうど診療所へ行ったところ、浦風親方が来ていた。新たな医者に代わっても、部屋の力士たちを診てもらいたいという頼みだ。そこから話がつながって、顔つなぎの寄合はどうかという話になったらしい。

いや、もう寄合ではない。照道が修業に出て、膳場大助が新たに診療所に入る。その送りと迎えを兼ねた宴だ。

「だったら、日取りを決めて約を入れてこないとな」

善太郎が乗り気で言った。

「なみだ通りの顔役の出番で」

おそめがあおる。

「とんだ顔役だよ」

まんざらでもなさそうな顔つきで、善太郎は言った。

「なら、おいらは届け物を」

小太郎が言った。

「ああ、頼むよ」

「お願いね」

父と母が見送った。

「あとはどこへ声をかけるかだわね」

小太郎の背を見送ってから、おそめが言った。

「そうだな。まずは松蔵親分には声をかけておかないと」

善太郎は額を指さした。

額扇子の芸は宴には欠かせない。

「圓生師匠とお弟子さんにも」

と、おそめ。

「あとは、ここいらを縄張りにしている火消しの親方や、大工の万組の棟梁、それに、もちろん浦風親方にも出ていただかないと」

善太郎は思案しながら言った。

「本所方の旦那方は？」

おそめが訊いた。

「ああ、声をかけなきゃね。うちの屋台衆は往診の途中でいやでも顔を合わせるだろうから」

善太郎が答えた。

「そうね。頭数にはかぎりがあるし」

おそめがうなずく。

「よし、おおむね決まったな。あとは動くだけだ」

屋台の元締めの声に力がこもった。

四

霜月《しもつき》も半ばを過ぎた風の冷たい日――。

やぶ重に人が追い追い集まってきた。

今日は貸し切りの宴だ。見世の前にはいち早く「本日貸切」の立て札が出た。

上座には、医者として新たに診療所に詰めることになる膳場大助が座った。

三十路になったばかりで、まだ妻帯はしていないが、なかなかの男っぷりだ。本所方の安永同心にも引けを取っていない。

その横には、師の吉高想仙が陣取っていた。当初は来る予定がなかったのだが、芝神明の診療所をほかの弟子に託し、わざわざ足を運んでくれた。こちらは五十がらみの歳で、総髪には白いものが目立つ。医者としてあまたの患者を救ってきた年輪を感じさせる風貌だった。

下座には、その想仙のもとで修業をすることになる照道が控えた。

「では、患者さんがおりますので、わたしはこれで」

晴乃が頭を下げた。

大事な顔つなぎの宴だが、診療所のつとめがある。峠を越えたとはいえまだ疱瘡の患者もいるから、留守にするわけにはいかない。

「ああ、どうかよしなに」

想仙が言った。

「ふつつか者ですが、息子が一人前の医者になるまで、厳しくご指導いただければ幸いです」

晴乃が重ねて一礼する。

「承知しました。評判の高かった道庵さんの跡継ぎですから、大切に育てます」

想仙はそう請け合った。

「よろしくご指導ください」

照道がしっかりした声音で言った。

「修業中は、わたしがなんとかつなぎますので」

膳場大助が笑みを浮かべた。

「『なんとか』じゃなくて、『しっかり』つないでおくれ」

想仙がクギを刺した。

「はい、承知しました」

大助の表情が引き締まった。

「では、わたしはひと足お先に」

晴乃が言った。

「患者さんが待っているからね。ご苦労さま」

想仙が温顔で言った。

五

晴乃はほどなく診療所へ戻っていった。

額扇子の松蔵と線香の千次、十手持ちとその手下を最後に頭数がそろった。膳場大助の迎えと、淵上照道の送りの宴が、師の吉高想仙も列席のもとに始まった。

「では、どんどん料理を運んでください」

善太郎が声をかけた。

「承知で」

厨《くりや》からあるじの重蔵がいい声を響かせた。

やぶ重は筋のいい蕎麦屋だが、鯛の姿盛りや天麩羅など、そのほかの料理にも定評がある。

なみだ通りの屋台衆からは、おでんの庄兵衛だけが顔を出していた。もっとも、屋台のあるじとしてではなく、俳諧師の東西の顔で末席につらなっている。

あとは、本所方の魚住与力と安永同心。ここいらの普請をおおむね請け負っている大工の万組の棟梁の万作。土地《ところ》の火消し、北組十一組のかしらの三郎《さぶろう》と纏《まとい》持ちの太助《たすけ》、浦風部屋の浦風親方と部屋頭の浦嵐《うらあらし》、宴を盛り上げる余興には欠かせない三遊亭圓生と弟子の三升亭小勝、さらに、薬種問屋の長寿堂《ちょうじゅどう》のあるじの儀作《ぎさく》も顔を出していた。

医者と薬種問屋はもともと縁が深い。ことに長寿堂は、娘のおさちがもと相撲取りの幸吉と夫婦になって幸福団子の屋台を切り盛りしているという縁もある。今後もよしなにと、あるじはさっそく大助に酒をついでいた。

吉高想仙は照道に向かって、芝神明の診療所でのつとめや心構えについて分かりやすく説明していた。これから修業が始まる照道は、いくたびもうなずきながら神妙な面持ちで聞いていた。

「何年くらいの修業になりましょうか」

話が一段落したところで、善太郎が想仙にたずねた。

「それは照道の気張り次第ですが、すでに道庵さんが礎《いしずえ》を築かれた診療所の跡取りですから、ほかの医者より修業期間は短くて済むでしょう」

想仙は答えた。

「師匠の名に関わるから、腕が良くなるまで独り立ちはさせない医者が多いって聞きましたが」

かしらの三郎が言った。

「そのあたりは医者によるでしょうね。わたしはとくに名にこだわるほうではないもので」

想仙は笑みを浮かべた。

「大工だったら、勝手に組をつくって普請をやられたら困るんで」

万組の棟梁が言った。

「それはほうぼうで喧嘩が起きちまう」

圓生が妙な身ぶりをまじえて言ったから、場に笑いがわいた。

天麩羅が次々に出た。

海老に鱚に茸《きのこ》。どれもからりと揚がっている。

それを食しながら、さらに話は続いた。

「うちの力士たちもよしなに。年にいっぺんくらい、念入りに診てやってください」

浦風親方がそう言って大助に酒をついだ。

「相撲取りはこの身だけが頼りなんで」

浦嵐は太い二の腕をたたいた。

「承知しました。こちらこそよしなに」

少し赤くなった顔で、大助は答えた。

「道庵先生には、うちの大工を助けていただいて」

今度は棟梁の万作が酒をついだ。

「その話は聞いております」

大助が答えた。

「うちの若《わけ》えもんも、そのうち診てやってくださいまし」

かしらが言った。

「不摂生なやつもいるもんで」

纏持ちが言う。

「おめえがいちばんの酒呑みだろうが」

かしらの三郎がすかさず言ったから、やぶ重の座敷に笑いがわいた。

「道庵先生の後で大変かもしれねえが、気張ってやっておくんなせえ」

今度は十手持ちが大助に酒をついだ。

「みなさん口をそろえて、名医だったとおっしゃるので、少しでも近づけるように精進しますよ」

大助の言葉に力がこもった。

六

話が一段落ついたところで、蕎麦が運ばれてきた。

「よっ、待ってました」

圓生が扇子を取り出し、勢いよく音を立てて蕎麦を啜《すす》るしぐさをする。

「師匠だけ食わないそうですよ」

小勝がすかさず笑いを取った。

「そりゃ殺生な」

と、圓生。

「食ったらあれを行きますかい、親分」

千次が額を指さした。

「もう出番かよ」

松蔵親分が言った。

「小半刻《こはんとき》（約三十分）ほどやっていいですから」

火消しのかしらが言った。

「そんなにやったら首が痛くなっちまう」

十手持ちは苦笑いを浮かべた。

ほどなく、やぶ重のほうぼうで蕎麦を啜るいい音が響きだした。

「この蕎麦はうまいですね」

想仙が驚いたように言った。

「角が立っていてのど越しがいいですから」

善太郎が笑みを浮かべた。

「ほんとにおいしいです」

大助が感心の面持ちで言った。

「この蕎麦をしょっちゅう食べられるのはうらやましいね」

師の想仙が言う。

「恐れ入ります」

あるじの重蔵が、厨から満面の笑みで言った。

そんな調子で蕎麦がたぐり終えられ、湯桶《ゆとう》に入った蕎麦湯がふるまわれた。どろりとした白い蕎麦湯でつゆを割って呑むとことのほかうまいし、身の養いにもなる。

「では、このあたりで余興とまいりましょうか」

善太郎が手を打ち鳴らした。

「師匠、お願いします」

庄兵衛が俳諧師東西の顔で言った。

「ちゃかちゃんりん、ちゃんりんちゃんりん……」

圓生が立ち上がり、妙な手つきをまじえた口三味線を始めた。

「よっ、ほっ」

小勝は鼓を打つ真似だ。

それに合わせて、額扇子の松蔵親分が十八番《おはこ》の芸を披露した。

扇子をまず閉じたまま額に載せて歩く。

初めのうちはしくじりもあったが、だんだん本調子になってきた。

「よっ、ほっ」

掛け声に合わせて、今度は扇子を開いて載せる。

腕を広げて巧みに釣り合いを取り、扇子が落ちないようにする。さすがは額扇子の松蔵親分だ。

「いつもより長めに載せております」

圓生がここぞとばかりにあおった。

「よっ、江戸一」

「いや、日の本一」

やぶ重の宴の場は、やんやの喝采に包まれた。

七

「では、つなぎの余興で、弟子が謎かけをご披露します」

圓生が小勝のほうを手で示した。

小勝は大仰な咳払いをしてから切り出した。

「えー、回向院とかけまして、道庵先生の診療所と解きます」

「そのココロは？」

「どちらも本所の顔でしょう」

小勝はそう言っておのれの顔をつるりとなでた。

「ちっともオチてないよ」

師匠の評価は芳しくなかった。

「すんません」

弟子が頭を下げる。

「そのうち、膳場大助先生の診療所と言われるようにしないとね」

想仙が大助に言った。

「はい。精進します」

大助が引き締まった顔つきで言った。

「そのあとは、淵上照道先生の診療所だ」

浦風親方が言った。

「しっかり学んできます」

照道がいい声で答えた。

「なら、最後に照道さんからひと言」

善太郎が身ぶりをまじえて言った。

これから修業に出る照道は、少しためらってから立ち上がった。

「亡き父、淵上道庵の名を汚《けが》さぬよう、想仙先生のもとでしっかり学んできます。どうかよしなにお願いいたします」

短いけれども、しっかりしたあいさつだった。

「気張ってくださいましな」

「これで本所も安心だ」

火消しのかしらと纏持ちが笑みを浮かべた。

「では、膳場大助先生からもひと言頂戴できればと」

善太郎が段取りを進めた。

大助は猪口《ちょこ》を置いて立ち上がった。

「道庵先生という名医のあとでいささか心もとないですが、想仙先生のもとで研鑽を積んできた経験を活かして、患者さんのためになる治療を心がけていきたいと思っております。また、具合が悪くなった患者さんを診るばかりでなく、具合が悪くならないような手立ても講じていければと思っております。どうかよしなにお願いいたします」

少壮の医者は決意を語った。

「具合が悪くならないような手立てでしたら、わが長寿堂もひと肌脱がせていただきますので」

薬種問屋のあるじがすかさず言った。

「よろしゅうお願いいたします」

大助はていねいに頭を下げた。

「疱瘡がはやり、道庵先生まで亡くなられてどうなることかと案じたけれど、やっと夜が明けてきたな」

魚住与力がそう言って、猪口の酒を呑み干した。

「これからは明るい世の中で」

願いをこめて、安永同心が和した。

「では、そのあたりも踏まえて、締めに一句」

善太郎が庄兵衛に言った。

あらかじめ段取りは整えてある。

「思案してきた発句で恐縮ですが」

俳諧師東西の顔で、庄兵衛はふところから短冊を取り出して読みあげた。

病去り錦秋《きんしゅう》ことにかがやけり

それを聞いて、想仙がうなずいた。

「いままでは景色を愛《め》でるどころじゃなかったですからね。ふと気づくと、日の光を受けた芝神明の紅葉がことのほかきれいでした」

想仙はしみじみとした口調で言った。

八

宴《うたげ》が終わったとき、外はすっかり暗くなっていた。

「今日は芝までお帰りで?」

一緒に歩を進めながら、善太郎が想仙に問うた。

「途中で駕籠を拾って帰ります」

医者は答えた。

「なら、ひとっ走り捕まえてきな」

松蔵親分が子分に命じた。

「へい」

千次がさっそく動く。

なみだ通りの屋台の赤提灯に灯が入っていた。

「ご苦労さん」

宴帰りの善太郎がまず卯之吉の労をねぎらった。

「蕎麦屋の帰りなんで、またな」

松蔵親分がほろ酔い機嫌で手を挙げる。

「へえ、そりゃもう」

卯之吉が答えた。

次は甲次郎の天麩羅の屋台だ。

「道庵先生の歌を記した提灯を新たに下げるようにしたんです」

善太郎が想仙に告げた。

「ほう、亡き医者の歌を」

想仙が歩み寄る。

「これです」

照道が父の歌を指さした。

「江戸の町はやり病で暗くともいつかは去らん……」

想仙はそこで間を置いてから感慨深げに続けた。

「……陽はまた昇る　淵上道庵」

詠み手の名まで読みあげると、想仙は続けざまに瞬きをした。

「陽はまた昇りますね」

善太郎が言った。

「ええ。かならず昇ります。どんなつらい出来事があったあとでも」

想仙の声に力がこもった。

相模屋の前あたりで、千次が小走りに戻ってきた。

「いま来ますんで」

千次が息せき切って告げた。

「やることが早いね」

圓生がほめた。

ほどなく、空の駕籠がやってきた。

想仙が乗りこむ。

「では、師走の一日から修業に来てください」

医者は照道に言った。

「はいっ。よろしくお願いいたします」

若き医者の卵は深々と一礼した。

「頼むよ」

大助に向かって言う。

「懸命につとめます」

いい声が返ってきた。

「では、これにて」

想仙が言った。

「お気をつけて」

善太郎が笑みを浮かべて言った。

みなが見守るなか、想仙を乗せた駕籠は両国橋のほうへ消えていった。

第十章　久々の朗報

一

師走になった。

秋口から流行した疱瘡のあらしにもまれた江戸の町にも、ようやく平穏な時が訪れつつあった。

そんな師走の一日の朝――。

一人の若者が本所から旅立とうとしていた。

淵上照道だ。

嚢《ふくろ》を背負った若者は、生まれ育った診療所を出て、芝神明の吉高想仙のもとへ向かった。

これから医術の修業をする身だから、駕籠などは用いない。徒歩《かち》にて芝まで進んでいく。

「では、気をつけて」

晴乃が見送った。

「はい。そちらこそ」

引き締まった表情で照道は言った。

「風邪など引かぬように」

母の顔で、晴乃が言った。

「はい」

照道はうなずいた。

「あとはわたしが気張るので」

膳場大助が白い歯を見せた。

「お願いいたします」

照道は一礼した。

「では、行ってまいります」

何かを思い切るように最後にまた頭を下げると、照道は診療所を出た。

「気をつけて」

母が切り火で見送った。

朝のなみだ通りに人影はなかった。

父の道庵とともにいくたびも往診で通った道を、照道は感慨深げに歩いた。

いつの日か修業を終えたら、またこの通りを歩くだろう。

父の跡を継いで、頼りの医者として、この道を歩くことになるだろう。

身の中にみなぎるものを感じながら、照道は歩を進めた。

朝の光が悦ばしく満ちる。

なみだ通りのたたずまいは、疱瘡がはやっていたころよりははるかにすがすがしく感じられた。

二

なみだ通りから赤いものが少しずつ消えていった。

猛威を振るった疱瘡が収まった証だ。

「今日からは普通の提灯で」

小太郎が普請場帰りの寿助に言った。

「やっと本復だな」

寿助が答える。

「長い病だったわね、提灯さん」

おちかが笑みを浮かべた。

泪寿司と実家の上州屋、二つを掛け持ちして達者に働いている。子を流してしまった直後とは違って、表情もいたって明るい。

善太郎とおそめが次の惣菜を運んできた。

あてにしている女房衆が多いから、つくる端から売り切れる。

「はい、高野豆腐」

おそめが鉢を渡した。

「三河島菜《みかわしまな》の胡麻和えも」

善太郎も続いた。

「あっ、おいしそうね」

「ちらし寿司もある？」

女房衆がさっそく群がってきた。

「ありますよ。松茸と椎茸がふんだんに入った茸のちらし寿司で」

おちかが笑顔で答えた。

「なら、買わなくちゃ」

「わたしも」

「握りもね」

次々に声があがった。

「気張ってつくってくんなよ、おとっつぁん」

奥に陣取って寿司をつくっている父の寿一に向かって、寿助が声をかけた。

「もう歳だから、気張る元気はねえや」

そう言いながらも、手だれの寿司職人の手は小気味よく動いていた。

「おいらも手伝いますんで」

小太郎が手を打ち鳴らした。

「おう、早く頼む」

寿一が言った。

「なら、気張ってね」

空いた佃煮の鉢を手にしたおそめが言った。

「はいっ」

おちかの明るい声が返ってきた。

三

風斎の寺子屋も再開された。

なかにはあばた面になってしまった子もいたが、命が助かれば重畳《ちょうじょう》だ。寺子屋とその周辺には、またわらべたちの元気のいい声が響きはじめた。

「はい、お団子焼けてるよ」

幸吉が寺子屋帰りのわらべたちに声をかけた。

「わあ、おいしそう」

「焼きを三本ちょうだい」

「おいらはみたらし二本で」

わらべたちは我先にと注文した。

「はいはい、ちょっと待ってね」

おさちはそう言うと、帯にちらりと手をやった。

いつもの笑顔ではない。何がなしに具合が悪そうだ。

「どうかしたか？」

それと察して、幸吉がたずねた。

「ううん、大丈夫」

おさちは答えた。

「熱は？」

幸吉がさらに問う。

疱瘡の爪痕はまだ残っている。具合が悪そうだと、まず疱瘡を疑うのが習いとなっていた。

「熱はないみたい。大丈夫だから」

おさちは弱々しい笑みを浮かべた。

「平気？」

寺子屋帰りのわらべの一人が気づかった。

「うん、平気よ」

おさちは答えた。

幸吉はなおも案じ顔だったが、三日後、その表情は一転して明るくなった。

食べたものを戻したりしたので、これはいかんと思い、診療所へつれていった。

そこで、思わぬことを告げられたのだ。

「おめでたく存じます。ややこが生まれますよ」

診察に当たった大助が笑顔で言った。

「えっ、ややこが?」

幸吉の顔に驚きの色が浮かんだ。

「ほんとですか?」

おさちの表情がぱっと輝いた。

「ほんとですよ。川開きの頃合いにお生まれになるでしょう」

大助が答えた。

「ようございましたね」

晴乃が祝福した。

「ありがたく存じます」

おさちが頭を下げた。

「ありがてえ……わっしは果報者で」

幸吉の目には涙が浮かんでいた。

「産婆さんにも伝えておきます。当面は重いものを持ったり、走ったりはしないでください」

大助が言った。

「承知しました。気をつけます」

おさちは引き締まった表情で答えた。

「わっしに、ややこが」

幸吉の顔はずいぶん上気していた。

四

暗い話題が多かったなみだ通りの界隈に、久々に朗報がもたらされた。

幸福団子の幸吉とおさちにややこが生まれるのだ。

産婆にも診てもらったあと、おさちは念のためにしばらく実家の長寿堂で過ごすことになった。薬種問屋だから、身の養いになる薬はふんだんにある。

勘定が苦手な幸吉の代わりに、おちかが幸福団子を手伝うことになった。泪寿司の手伝いはおそめでもできる。

初めのうちは、普請場のつとめを終えた寿助もおちかの付き添いに入った。

「すまねえこって」

幸吉が申し訳なさそうに言った。

「いやいや、いくらでも手伝いますよ」

寿助は白い歯を見せた。

「勘定はお任せください」

おちかも笑みを浮かべる。

「うちだけ子が生まれたら相済まねえこって」

気のいい元相撲取りはいくらか首をすくめた。

「そんなこと、気にしないでください。おさちさんにはいい子を産んでいただかないと」

おちかが言った。

「うちも負けちゃいませんから」

寿助も和した。

「ええ、またそのうち」

おちかが前向きに言った。

焼き団子の香りに誘われて、寺子屋帰りのわらべたちがわらわらと駆け寄ってきた。

「おいちゃん、焼きとみたらし」

「おいらはみたらし二本」

我先にと注文する。

「はいはい、ちょっと待ってな」

幸吉が笑顔で答えた。

「今日は人が違うの？」

そう言っておちかを指さしたのは、相模屋のおこまだった。

「おさちさんにややこができて、実家の長寿堂さんにいるから、しばらく手伝いに来ることになったの」

おちかが答えた。

「ふーん」

おこまがうなずく。

「そのうち戻ってくるから。……で、おこまちゃんは何がいい？」

幸吉がたずねた。

「んーと、焼きとみたらしを一本ずつ」

おこまは指を立てて元気よく答えた。

五

実家でしばらく静養したおさちは、医者のお墨付きを得てなみだ通りに戻ってきた。幸福団子はまた夫婦の屋台になった。

「おっ、めでてえな」

誉力が若い衆とともに顔を出した。

「ありがてえこって」

幸吉は両手を合わせた。

「これは親方からの祝いだ。とっといてくんな」

誉力は袱紗《ふくさ》に包んだものを差し出した。

「まあ、そんなことまでしていただくわけには」

おさちが遠慮して言った。

「いや、気持ちだからよ。疱瘡で暗かったここいらのためにも、いい子を産んでくれと親方は言ってた」

誉力は答えた。

「ありがてえ」

幸吉はうるんだ目で答えた。親方の気持ちが身にしみたのだ。

「気張っていい子を産みます」

おさちもいい目の光で答えた。

「ああ、丈夫な子になるといいな」

誉力が笑みを浮かべた。

「男だったら相撲取りですかい」

「おとっつぁんの跡を継いで」

若い取的たちが言う。

「そりゃ先の話で」

幸吉は答えた。

「なら、おれらは買い出しだから。帰りに売れ残ってたら団子を食うよ」

誉力が言った。

「ああ、ご苦労さんで」

幸吉が笑った。

「ありがたく存じました」

おさちが重ねて礼を言った。

六

師走も半ばを過ぎた。

ある雨降りの日、なみだ通りの屋台衆のいくたりかは例によって相模屋に顔を出した。ただし、幸吉の姿はなかった。場所を取るという遠慮もあるが、やはり身重のおさちのそばにいてやりたいようだ。

「来年はいい年になるといいっすね」

あるじの大吉が言った。

「ほんとだよ」

善太郎がしみじみと言った。

「やっぱり怪談狂言が当たったりしたから、災いが起きたんでしょう」

庄兵衛が言った。

「鶴屋南北先生が聞いたら気を悪くするぜ」

ひとしきり見廻りを終えてから来た松蔵親分が苦笑いを浮かべた。

「ときに、普請はいつぐらいから始めるかい？」

万組の棟梁の万作が訊いた。

「まあ急ぐことじゃねえんで」

相模屋のあるじが答えた。

「普請と言うと？」

遅れてやってきた卯之吉がいぶかしげに問うた。

「相模屋を建て増しする案があってね」

善太郎が答えた。

「ああ、たしかに雨の日は手狭ですからね」

風鈴蕎麦のあるじが見世の中を見回して言う。

棟梁の万作ばかりでなく、寿助をはじめとする大工衆も入っているし、おこまもいるから座敷はいっぱいだ。

「隣が空き家になったから、離れみたいに建て増ししたら、大人数の宴もできるんじゃないかと」

おせいが言った。

「こっちは檜《ひのき》の一枚板の席でもつくれば、さっと厨《くりや》から料理をお出しできるし」

大吉が身ぶりをまじえた。

「それなら、中食の膳もやってほしいぜ」

「おう、ここいらはみな開くのが遅いからな」

「両国橋のほうまでいちいち出ていくのは難儀だしよう」

「焼き握り膳だったら、毎日でも食うぜ」

大工衆が口々に言った。

「ただ、そうするには夫婦だけじゃ手が足りねえんで」

大吉がおせいのほうを見た。

「離れみたいに建て増しをして、中食もやるとなったら、人を雇わないと無理でしょうね」

おかみは慎重に言った。

「おこまちゃんが手伝うのはまだ早いしな」

庄兵衛が言った。

「いずれ、腕のいい婿を取って跡継ぎにさせればいいぜ」

松蔵親分が気の早いことを言った。

「そりゃまだだいぶ先の話で」

大吉が笑った。

「ほかに何か思いつきはあるのかい」

善太郎が言った。

「手伝いの当たりがつくかどうかによりますけど、出前もできればと」

大吉は答えた。

「そりゃあいいな」

棟梁の万作が言った。

「中食に酒、出前に宴」

卯之吉が指を折る。

「すべてそろうな」

善太郎が笑みを浮かべた。

「ただ、普請のあいだはしばらく休まなきゃならねえんで」

大吉が言った。

「そのあいだだけ、なみだ通りで屋台をやりゃあいいじゃねえか」

松蔵親分が水を向けた。

「親分さんの言うとおりで」

「そのあいだに人も探しゃあいい」

「来年は楽しみだな」

大工衆がさえずる。

「まあ、じっくり思案してみますよ」

相模屋のあるじはそう言うと、いい按配《あんばい》に燗のついた銚釐《ちろり》を取り出した。

七

雨は翌日に上がった。

なみだ通りには一台ずつ屋台が出ていき、赤い提灯の灯りをともした。

疱瘡がようやく収まってきても、道庵の歌を記した提灯が外されることはなかった。多くの客が目をとめ、ときには「陽はまた昇る」の歌を声に出して読んだ。

志半ばに斃《たお》れてしまった道庵だが、人々の心の中では生きていた。なみだ通りの屋台に来て赤提灯を見た者は、多かれ少なかれ世話になった「道庵先生」の面影をしのんだ。

医者は決して死んではいなかった。なつかしい思い出となって生きていた。

「今年も残りが少なくなってきましたね」

天麩羅の屋台で、善太郎が本所方の魚住与力に言った。

「災いの年が終わるかと思うとほっとするな」

魚住与力が答えた。

安永同心とともにひとしきり見廻りを行い、甲次郎の屋台に立ち寄ったところだ。

「来年こそ、つつがなく過ごしたいものです」

善太郎はしみじみとした口調で言った。

「まことに」

魚住与力は短く答えると、海老の天麩羅を口中に投じた。

「おや、あれは」

安永同心が通りを指さした。

両国のほうから提灯が近づいてきた。

ほどなく顔が見えた。診療所に新たに入った膳場大助だ。

「往診ですか」

善太郎が声をかけた。

「はい。わらべが熱を出したというので案じましたが、幸い、大事には至らないでしょう」

総髪の医者が答えた。

「それはご苦労様で」

「本所の守りですから」

本所方の二人が労をねぎらった。

「守りになれるように精を出します。では、これで」

診療所にも患者がいる医者は、薬箱を提げて足早に去っていった。

「ひとまず、これで安心ですな」

大助の背を見送ってから、善太郎が言った。

「そうだな。ひと安心だ」

魚住与力がほっとしたように言った。

「あとは新年を待つばかりで」

甲次郎が笑みを浮かべた。

八

いよいよ押しつまり、大晦日《おおみそか》になった。

やぶ重は年越し蕎麦で大忙しになった。人手が足りないから、出前の助っ人が来るほどで、大変な繁盛ぶりだった。

「うちだって、多めに仕込んだから」

風鈴蕎麦の卯之吉が笑みを浮かべた。

「つとめ納めだから、気張ってね」

おそめが声をかける。

「終い良ければすべて良しで」

卯之吉が答えた。

「あとで年越し蕎麦を食いにいくから」

善太郎が言った。

「やぶ重じゃねえんで？」

卯之吉が問う。

「あそこは早めに売り切れるだろうからねえ」

と、おそめ。

「それに、屋台の元締めなんだから、屋台の蕎麦で締めないとね」

善太郎が笑みを浮かべた。

ほどなく、おでんの庄兵衛の支度も整った。

「さあ、今年のつとめも終いだ。気張っていこう」

庄兵衛がおのれに気合を入れた。

「なら、いくたりかはおでん蕎麦で」

卯之吉が言う。

「おっ、天麩羅も来たよ」

善太郎が言った。

奥のほうから、甲次郎が屋台を担いできた。

「今日は全部入り蕎麦が出そうだっていう話で」

卯之吉が声をかけた。

「江戸っ子だから、終いは豪勢にって考えそうだな」

甲次郎が答えた。

「あっ、もう帰ってきたかな」

おそめがいち早く気づいた。

湊に戻ってきたのは、幸福団子の屋台だった。

わらべも相手にするから真っ先に船出をし、最初に戻ってくるのが習いだ。

「今年一年、お世話になりました」

おさちが笑顔で言った。

「ああ、ご苦労さま」

善太郎が笑みを返した。

「来年はめでてえことがあるからよ」

甲次郎が幸吉に言う。

「わっしも楽しみで」

幸吉はいい顔つきで答えた。

「お正月はどうするの？　初詣とかは？」

おそめが訊いた。

「あんまり人出の多いところへ行ってすっころんだりしたら事なので、近場へお参りに行って、あとは三が日はゆっくりしてまさ」

元力士は恋女房のほうを見た。

おさちが笑みを返す。

「夫婦水入らずで過ごすのがいちばんだよ」

善太郎が言った。

「その次の正月は赤子がいるから、そういうわけにもいかないだろう。ゆっくりできるのはいまのうちさ」

卯之吉が言った。

「へえ、そうさせてもらいまさ」

幸福団子のあるじがいい笑顔で答えた。

九

泪寿司もいつもより早じまいになった。

あるじの小太郎と手伝いのおちかが戻ってきた。

「寿一さんは？」

おそめが問うた。

「早く湯につかりたいって言うんで、寿助が湯屋へ」

小太郎が答えた。

「そう。相変わらず親孝行ね」

おそめが笑みを浮かべた。

「ちょっと早いですけど、来年もよしなに」

おちかが言った。

「ああ、よいお年を」

善太郎が言った。

「きっといい年になるわよ」

おそめが情のこもった声音で言った。

「陽はまた昇りますから」

道庵の歌を踏まえて、おちかは言った。


「なら、売り切れないうちに、年越し蕎麦を食ってくるか」

いくらか経ってから、善太郎が水を向けた。

「そうだね。一年納めの蕎麦で」

小太郎が答えた。

「じゃあ、天麩羅とおでんが売れ残ってたら、これに入れて」

おそめが鉢をかざした。

「さすがにまだ残ってるだろう」

善太郎はそう言って歩きだした。

おでんは厚揚げも玉子も残っていた。

「負けときますよ」

庄兵衛が軽口を飛ばす。

「とりあえず、一つずつ」

小太郎が指を立てた。

「はいよ」

庄兵衛の手が小気味よく動いた。

天麩羅もまだふんだんに余っていたから、鉢はたちまち一杯になった。

それを卯之吉の風鈴蕎麦の屋台に運ぶ。

先客がいた。

線香の千次だ。

「おっ、蕎麦が見えなくなりそうだな」

下っ引きが鉢を見て言った。

「大晦日だから豪勢な蕎麦を」

小太郎が笑う。

「なら、蕎麦も大盛りにしますかい？」

卯之吉が水を向けた。

「わたしゃそんなに胃の腑に入らないから」

おそめがあわてて手を振った。

「おいらも売れ残りの寿司を食ったから」

小太郎も言う。

「載せるものが多いから、蕎麦は並で」

善太郎が言った。

「へい、承知で」

風鈴蕎麦のあるじが答えた。

「なら、よい年を」

千次が片手を挙げた。

「お疲れさまです」

「よいお年を」

善太郎とおそめの声がそろった。

具だくさんの蕎麦を、家族は少しずつ平らげていった。

「ああ、食った食った」

小太郎が真っ先に食べ終えた。

「もっとゆっくり食べなさい」

母の顔でおそめが言う。

「こう見えても江戸っ子だから」

小太郎が白い歯を見せた。

「今年一年、よく気張ったな」

善太郎が息子の労をねぎらった。

「ああ。なんとか、泪寿司をつぶさずに済んだよ」

小太郎が答えた。

「来年も繁盛するといいわね」

おそめはそう言って箸を動かした。

「うちみたいに、ほどほどにはやるのがいちばんで」

風鈴蕎麦の屋台のあるじがそう言ったから、なみだ通りに和気が漂った。

終章　新年の月

一

明けて文政九年（一八二六年）になった。

前年の秋に恐ろしい疱瘡がはやって難儀をしただけに、江戸のだれもが待ちわびていた新年だ。

幸い、元日からいい日和《ひより》になった。本所ではつれだって初詣に出かける家族の姿も目立った。

そのなかに、相模屋の家族もいた。正月の三が日は休みだ。

「橋を渡るの？」

おこまがたずねた。

歳を加えて九つになった。

「今年の初詣は浅草寺《せんそうじ》だからな。ちょっと歩くぞ」

大吉が言った。

「気張って歩いて」

おせいが笑みを浮かべた。

「うんっ」

おこまが元気よく答えた。

「帰りはおいしいものを食おう」

大吉が言った。

「やってる？」

おこまが小首をかしげる。

「浅草なら、本所と違ってお見世は開いてるから」

おせいがそう言うと娘は安堵の表情になった。

「あっ、あれは」

おこまが前を指さした。

向こうから、人情家主の善太郎と女房のおそめ、それに泪寿司のあるじの小太郎が歩いてきた。

気づいて手を挙げる。

「初詣かい？」

善太郎が声をかけた。

「ええ。浅草寺まで」

おせいが答えた。

「明けましておめでたく存じます。今年もよしなに」

おそめが新年のあいさつをした。

「こちらこそよしなに」

おせいが礼を返す。

「今年も気張っていきましょう」

小太郎が白い歯を見せた。

「なみだ通りののれんを守らなきゃね」

大吉が笑顔で答えた。

「うちの初詣は近場の回向院で済ませてしまったよ」

善太郎が告げた。

「いや、うちも初めはそうしようかと思ったんですがね、浅草まで行けば易者も出てるので」

大吉が言った。

「建て増しをしたほうがいいか、占ってもらおうと思ってるんです」

おせいが言葉を添えた。

「そりゃあ、いざ普請をやるとなると大変なので」

おそめがうなずいた。

「普請中のつなぎの煮売りの屋台ならいくらでも出せるから」

善太郎が快く言った。

「その節はよしなに」

相模屋のあるじが小気味よく頭を下げた。

二

「あっ、堂前の師匠も出てるのね」

おせいが寄席の看板を指さした。

三遊亭圓生、と伸びやかな字で記されている。

「そりゃ大看板だから」

大吉が言った。

「寄席に入るの？」

おこまがいくらか不満げに言った。

「いや、汁粉屋にでも入ってから、また易者のところへ行ってみよう」

大吉が答えた。

「わあい」

おこまはにわかに笑顔になった。

浅草寺にお参りしたあと、易者のもとへ行ってみたのだが、評判がいいらしく列ができていた。やむなく、しばらく間を置いて出直すことにした。

汁粉屋はちょうど座敷が空いていた。

しばらく待つと、おかみがお盆を運んできた。

「はい、まずは娘さんの分ね」

笑顔で椀を置く。

「わあ、おいしそう」

おこまの瞳が輝いた。

「やけどしないようにね」

母が言う。

「うん」

いくたびもふうふうと息を吹きかけながら、おこまは汁粉をおいしそうに呑んだ。

「大きくなったわねえ」

おせいがわが娘を見てぽつりと言った。

「背丈が伸びたからな」

大吉はいくらか目を細くした。

「今年から寺子屋の一つ上の組なんだから」

「ほんと、早いもんだよ」

相模屋の夫婦がしみじみと言った。

おこまの前に男の子が生まれたが、残念なことにすぐ亡くなってしまった。おこまの下の子もかねて欲しがっているのだが、三年前に身ごもってから流してしまった。ゆえに、昨年のおちかの哀しみは身にしみて分かっている。

「ああ、おいしかった」

汁粉を呑み終えたおこまが満足げに言った。

「うまかったか」

父が問う。

「うん」

九つになったわらべがうなずく。

「なら、占いを待っているあいだにそのへんをぶらぶらしてようか」

おせいが娘に言った。

「凧《たこ》が欲しい」

おこまが言う。

「ちっちゃい凧ならな」

と、大吉。

「おとうが占いをしてもらってるあいだに、どれがいいか見ましょう」

おせいが笑みを浮かべた。

「うんっ」

おこまがまた元気よく言った。

三

易者の列は短くなっていたが、それなりには待った。

「何を占いましょうか」

白髯《はくぜん》の易者が問うた。

「橋向こうで煮売り屋をやってるんですが、隣が空き家になったもんで、建て替えをして離れみたいなところをつくろうかと思案してるんです。できたての料理を出せる一枚板の席もつくるつもりです。そういった普請を、思い切って今年やったほうがいいかどうか占っていただければと」

大吉は答えた。

「承知しました」

易者はしかつめらしい顔で言うと、さっそく筮竹《ぜいちく》を操りはじめた。

ほどなく卦《け》が出た。

「建て替えは大吉と出ております」

易者は告げた。

「さようですか」

相模屋のあるじの顔に喜色が浮かんだ。

おのれの名と同じ大吉だ。

「ただし」

易者は念を押すように言った。

「ただし？」

大吉は表情を引き締めて問うた。

「急《せ》いては事を仕損じます。充分に支度を整えてからがいいでしょう。そうすれば、必ず繁盛すると卦に出ております」

易者はそう言って渋く笑った。

「承知しました。慎重に事を進めます。ありがたく存じました」

大吉は深々と頭を下げた。


おこまは小ぶりの赤い凧を大事そうに抱えていた。

「買ってもらったのか」

大吉が近づいて問う。

「うん、見て」

おこまが父に見せた。

ひらひらした白い飾りがついた赤い凧には「寿」と染め抜かれていた。なかなかにたたずまいのいい字だ。

「おう、いいな」

凧をあらためて、大吉が言った。

「で、どうだった？」

おせいがたずねた。

「大吉だそうだ。ただし、急いては事を仕損じると」

相模屋のあるじは答えた。

「そう。じゃあ、ゆっくりね」

おかみが笑みを浮かべた。

「そうだな。普請も見世の手伝い探しも、新たな料理づくりも、じっくりやっていけばいい」

大吉が言った。

「わたしは？」

おこまがおのれを指さした。

「おまえは気張って寺子屋へ通うんだ」

大吉はそう言って、凧を娘に返した。

「うん」

また大事そうに抱えて、おこまがうなずく。

「本所へ帰ったら揚げてみましょう」

おせいが言った。

「今日の風なら揚がるだろう」

大吉が空を指さした。

「わあ、楽しみ」

九つの娘の瞳がまた輝いた。

四

真っ青な江戸の空に凧が揚がる。

正月に凧を買ってもらったのはおこまだけではなかった。近所のわらべたちが凧を持ち寄り、歓声をあげながら競うように揚げる。

その声を聞いて、なみだ通りの面々も姿を現した。

「うまくいかなかったら、おいちゃんが揚げてやるよ」

庄兵衛が言った。

「おいら、得意だから」

「走れば揚がるさ」

「まかしとき」

男の子たちは我先にと凧揚げを始めた。

おこまはいささか苦戦していた。

走るのが得手ではないようで、うまく勢いよく揚げることができなかった。

「またしくじり」

地べたに落ちた赤い凧を見て、おこまは悲しそうな顔つきになった。

ちょうどそこへ万組の大工衆が通りかかった。

正月も普請場はあるが、さすがに今日は早じまいのようだ。

「凧揚げかい、おこまちゃん」

寿助が声をかけた。

「うん、うまくいかなくて」

おこまは悔しそうに言った。

「おっ、助けてやれよ」

兄弟子が寿助に言った。

「貸してごらん。揚げてやろう」

寿助が手を差し出した。

「お願い」

おこまは素直に凧を差し出した。

「よし」

寿助は受け取るや、すぐさま走りだした。

「寿」と染め抜かれた赤い凧がたちまち風を孕《はら》む。

「おっ、揚がったぞ」

「うめえもんだ」

「その調子」

大工衆が声を送った。

「わあ、上手」

おこまの顔がぱっと輝いた。

ほかの凧と競うように江戸の空を舞っていた「寿」の赤い凧は、いつしかいちばん上へ躍り出た。

「おこまちゃんのがいちばんだ」

庄兵衛が指さした。

「いいぞ、寿助」

「大工より向いてるかもしれねえ」

仲間が言う。

「ほら、どうだ」

寿助が糸を操ると、赤い凧はさらに高く揚がった。

「わあい」

相模屋の娘が手を打って喜んだ。

五

正月には往々にして火事が起きたりするのが江戸の町だが、幸いにも三が日は何も起きなかった。

しかし……。

半鐘こそ鳴らなかったが、折あしく四日は雨降りになった。仕事始めのはずだった屋台衆は出鼻をくじかれたかたちになった。

屋台衆ばかりではない。大工衆の普請も休みだ。煮売り屋は座敷も土間もいっぱいだった。

「こんなときに相模屋があって良かったな」

「雨でも行くところがあるからよ」

「ずっと雨ってことはねえだろうし」

大工衆が口々に言う。

「で、普請はやるのかい？」

善太郎が大吉にたずねた。

「浅草の易者の見立ては上々だったんで、じっくり思案して支度を整えてから腰を上げようかと」

相模屋のあるじが答えた。

「なら、そのうち見世を開ける前にほうぼうを測って絵図面を描くところからだな」

棟梁の万作が言った。

「よろしゅうお願いいたします」

おかみのおせいが頭を下げた。

「よろしゅうに」

猫のつくばを抱いたおこまも大人びた様子で続いたから、相模屋に和気が満ちた。

「手伝いを増やすとか言ってたな」

松蔵親分が言った。

「離れを増やして中食をやり、そのうち出前もとなったら、とても二人だけじゃ無理ですから」

大吉が答えた。

「中食だけの運び役なら、当てがなくもないです」

中園風斎が言った。

「先生の教え子さんで？」

おせいがたずねた。

「そうです。ずっと長くつとめられるかは分かりませんが」

寺子屋の師匠が答えた。

教え子が多いから、風斎は顔が広い。

「風斎先生の教え子なら間違いがないね」

善太郎が笑みを浮かべた。

「なら、その節はよしなに」

大吉が頭を下げた。

「料理の弟子は取らねえのかい」

棟梁がたずねた。

「厨を広げられるのなら、取ってもいいかも」

あるじが答える。

「なら、離れじゃなくて建て替えで、厨を奥にするっていう手もあらあな。厨の前に一枚板の席もつくれば、二幕目に落ち着いて酒と肴を楽しめるだろう」

万作が案を出した。

「どんどん広がっていくな」

甲次郎が笑みを浮かべて猪口の酒を呑み干した。

「初めはただの屋台だったのに」

卯之吉が少しうらやましそうに言った。

「なみだ通りの出世頭だからな」

善太郎が言った。

「そう言われるように気張りまさ」

まんざらでもなさそうな顔で大吉が答えたとき、人が入ってきた。

客ではなかった。

雨の日の相模屋に姿を現したのは、往診帰りの医者だった。

六

「相済みません。お茶を一杯いただけませんか」

膳場大助が所望した。

「承知しました。雨の中、ご苦労さまでございます」

おせいがさっそく手を動かした。

医者の総髪はいくらか雨で濡れていた。

「茶漬けはいかがです？　焼き握り茶漬けができますが」

大吉が水を向けた。

「ここ、入れますんで」

「休んでから戻ってくださいまし」

気のいい大工衆が言う。

「お代はわたしが払いますので」

善太郎が手を挙げた。

「いや、それは相済まないので」

大助が固辞する。

「気張り賃ですよ、先生」

「医者には正月がねえから」

屋台衆が言った。

「遠慮なさらず」

風斎も声をかけた。

「さようですか……では、実は食べそびれていたので」

大助は頭に手をやってから座敷の空いたところに腰を下ろした。

「なら、焼き握りは二つ入れましょう」

相模屋のあるじが言う。

茶漬けができるまで、診療所の話を聞いた。疱瘡の波が去り、晴乃とともに地道に診療に当たっているようだ。

「はやり風邪のほうはどうですかい」

棟梁がたずねた。

「それなりにはやってはいますが、そんなにたちの悪い風邪ではないようです」

大助は慎重に答えた。

「そりゃ良かった」

「疱瘡のあとに、またたちの悪いはやり風邪が来たら踏んだり蹴ったりだ」

大工衆がさえずる。

「跡取りさんもしっかりやってるんだろうね」

善太郎が言った。

芝神明の吉高想仙に弟子入りした照道のことだ。

「このあいだ文が来ました。気張って学んでいるようです」

大助は笑みを浮かべた。

「それは何より」

善太郎は白い歯を見せた。

「道庵先生の血を継いでるんですから、ゆくゆくはみなに慕われるきっと立派なお医者様になるでしょう」

風斎がしみじみと言った。

「そりゃ太鼓判だ」

「名医のもとで修業したら鬼に金棒だぜ」

大工衆が言った。

ほどなく、焼き握り茶漬けができた。

「はい、二つ入りです」

おせいが座敷に運ぶ。

「ありがたく存じます」

一礼して受け取ると、医者はまず茶を啜った。

そして、ほっと一つ息をついた。

七

雨は翌日に上がった。

少し遅れたが、なみだ通りの屋台は善太郎とおそめの長屋の湊から一台ずつ船出していった。

先陣を切ったのは、幸吉とおさちの幸福団子だ。

川開きの季節にややこが生まれることは、この界隈では知らぬ者がなくなった。いつもはわらべが多いが、初物で幸福にあやかろうという大人の姿も目立った。

「屋台はいつまで続けるんだい」

客の一人がおさちに問うた。

「産み月が近くなるまではと」

おさちは笑顔で答えた。

「楽しみだな、関取」

幸吉にも声がかかった。

肝心なところで怪我をして関取になれなかった幸吉だが、なみだ通りでは「関取」と呼ばれるようになった。

「へえ、楽しみで」

幸福団子のあるじは人のよい笑みを浮かべた。

そこへ寺子屋帰りのわらべが我先にと駆け寄ってきた。

そのなかに、相模屋のおこまの顔もあった。

「また寺子屋ね」

おさちが声をかけた。

「うん、楽しい」

おこまは元気よく答えた。

「みんなと一緒だからな」

「しっかり学んどけ」

「おいらみたいにあとで後悔するからよ」

客が言った。

「おいちゃん、みたらし二本」

「おいらは焼きを二本」

わらべたちが注文を始めた。

「はいはい、順々にね」

おさちが慣れた調子でさばく。

幸福団子は、つくる端から売れていった。

八

泪寿司の提灯の灯りが消えた。

「おや、もう見世じまいなの」

様子を見にきたおそめが言った。

「火消し衆がまとめて買ってくださったんで」

小太郎が上機嫌で答えた。

「寿一さんは上がりかい」

今度は善太郎が問うた。

「寿助と一緒にいち早く湯屋へ」

小太郎は答えた。

「だったら、空いた鉢を運んでくれるかい」

おそめが頼んだ。

「ああ、いいよ」

小太郎はすぐさま答えた。

「なら、見廻りをしてから戻るよ」

善太郎は軽く右手を挙げた。

「ご苦労さまで」

泪寿司のあるじが小気味よく答えた。


いい月が出ていた。

なみだ通りをしばらく歩くと、向こうから庄兵衛がやってきた。

「今日はおしまい？」

おそめがたずねた。

「幸先よく売り切れてくれたんで。いや、じゃがたら芋は一つだけつまみに残しておいたんですが」

庄兵衛が笑みを浮かべた。

月あかりがあるから、表情も分かる。

「長屋へ戻ってゆっくり呑んでおくれ」

善太郎が言った。

「そうさせてもらいます。なら、これで」

庄兵衛は軽くなった屋台を担いで歩きだした。

「ああ、お疲れさま」

おそめが労をねぎらった。

次の甲次郎の屋台には本所方の二人がいた。

今年はどのあたりで道普請があるかという話をしながら、善太郎とおそめも少し天麩羅を食した。

「今年は相模屋も建て替えるかもしれないから、ほうぼうで普請がありそうです」

善太郎が言った。

「大工衆もうるおうから重畳だろう」

魚住与力が答えた。

「普請が多いと、仕事がいろいろ回るので」

安永同心も和す。

「今年こそ、いい年になるといいですね」

なみだ通りの屋台の元締めの声に力がこもった。

九

最後に残った風鈴蕎麦のあるじに、善太郎が声をかけた。

「どうだい、調子は」

「大晦日に比べたら、ずいぶんと暇ですが」

卯之吉が答えた。

「そりゃ仕方ないわよ」

と、おそめ。

「だったら、一杯もらおうか」

善太郎が指を一本立てた。

「へい、承知で。おかみさんはどうです？」

卯之吉が水を向けた。

「わたしは小盛りで」

おそめは答えた。

「承知しました」

卯之吉はさっそく蕎麦をつくりだした。

「ますますいい月になってきたな」

善太郎が夜空を指さした。

「ほんと、心が洗われるみたい」

おそめが笑みを浮かべた。

「はい、お待ちで」

蕎麦ができた。

「今年も味わわせてもらうよ」

善太郎がそう言って丼を受け取る。

「まずはおつゆから」

おそめがつゆを啜った。

「変わらぬ味だね」

と、善太郎。

「ほっとする味で」

おそめが和す。

「ありがたく存じます」

風鈴蕎麦のあるじが笑みを浮かべた。

屋台にはまだ提灯が二つ下げられていた。片方は道庵の歌が記された提灯だ。

疱瘡は下火になったが、「陽はまた昇る」の提灯はそのまま下げつづけられている。亡き道庵の遺徳を偲び、年忌が明けるまではこのまま下げておこう。みなでそういう話がまとまったからだ。

提灯の歌を見ながら食す蕎麦は、ことのほか心にしみた。

「生きていることのありがたみを感じるな」

善太郎は言った。

「そうね。一日一日、こうして江戸で暮らせておいしいものを食べられているだけでありがたいと思わなきゃ」

半ばはおのれに言い聞かせるようにおそめは言った。

「なら、ごちそうさん」

「ごちそうさま」

二人は蕎麦を食べ終えた丼を返した。

「毎度ありがたく存じます」

卯之吉が笑顔で受け取った。

風鈴蕎麦の屋台を出た二人は、月あかりのなみだ通りをゆっくりと引き返していった。

「新年の月のすがすがしさをよく見ておこう」

善太郎が言った。

「べつに秋の月だってすがすがしいけど」

と、おそめ。

「まあそうだが、まだ年明けからいくらも経っていない月だからな」

善太郎が夜空を指さした。

「今年もなみだ通りの人たちが平穏無事に暮らせますように」

月に向かって、おそめは軽く両手を合わせた。

「そうだな。もう悲しいことが起こらないように」

善太郎もそっと手を合わせた。

夜空の月の輝きが、心なしか増したように見えた。

［参考文献一覧］

『復元・江戸情報地図』（朝日新聞社）
日置英剛編『新国史大年表　第五巻‐Ⅱ』（国書刊行会）
今井金吾校訂『定本武江年表』（ちくま学芸文庫）
喜田川守貞著、宇佐美英機校訂『近世風俗志』（岩波文庫）
飯野亮一『すし 天ぷら 蕎麦 うなぎ』（ちくま学芸文庫）
三谷一馬『江戸商売図絵』（中公文庫）
菊地ひと美『江戸衣装図鑑』（東京堂出版）
吉岡幸雄『日本の色辞典』（紫紅社）
田中博敏『旬ごはんとごはんがわり』（柴田書店）
『人気の日本料理2　一流板前が手ほどきする春夏秋冬の日本料理』（世界文化社）
（ウェブサイト）
松岡正剛の千夜千冊

村岡祥次「日本食文化の醤油を知る」
江戸ガイド
楽しく分かりやすい!?歴史ブログ

光文社文庫

文庫書下ろし／長編時代小説

陽《ひ》はまた昇《のぼ》る　夢《ゆめ》屋《や》台《たい》なみだ通《どお》り㈢

著　者　倉《くら》阪《さか》鬼《き》一《いち》郎《ろう》

2021年9月20日　初版1刷発行

発行者　鈴木広和
印　刷　新藤慶昌堂
製　本　ナショナル製本

発行所　株式会社 光文社
〒112-8011　東京都文京区音羽1-16-6
電話 (03)5395-8149　編集部
8116　書籍販売部
8125　業務部

ISBN978-4-334-79247-3　Printed in Japan

組版　萩原印刷